文
景

Horizon

社 科 新 知　文 艺 新 潮

述而批评丛书　第二辑

先锋诗歌的转折

贾鉴　著

上海人民出版社

上海文学批评的青年力量
——述而批评丛书第二辑序

新的时代发展引领文学创作的转换，青年作家、批评家如何面对时代变化中的价值和精神问题，如何以创作和批评的方式发出青年一代的铿锵之音，文学在深度参与现代化建设时，如何在文学创作和文学批评上引领潮流、创新方法、更新观念，更好地在中国式现代化中发挥文化的作用，这是批评面临的新责任。

习近平总书记高度重视文艺评论的社会功能，强调："要加强和改进文艺理论和评论工作，褒优贬劣，激浊扬清，更加有效地引导创作、推出精品、提高审美、引领风尚。"上海的文学批评一直有非常好的传统，涌现出一大批具有全国影响力的评论家，引领时代风气，积极参与并带动了中国当代文学的进程。斗转星移，薪火相传，述而后作，传承创新。新时代以来，上海出现一批年轻的文学评论新人。2018 年，上海作协积极推动"述而"批评丛书的出版，集中推出 11 名出色文学批评家的作品，引起社会关注。把青年新力量的队伍吸纳进来，文学批评新力量会迎来很大的转机。如今上海又一批年轻的文学批评新人脱颖而出，有的是作协成员，有的是高校教师，有的是媒体中坚。为进一步加强上海青年评论家的影响、培养上海青年评论家队伍，我们继续推动“述而”青年批评家丛书的出版，希望聚集目前上海最具影响力和潜能的年轻批评写作者，精选每一位作者最有代表性的文学批评文章，再推出一套能够全面反映当下上海青年文学评论整体风貌的精品文集，集中展示这一批评家群体的成就和风采，也展示上海文学批评的新发展与新收获。从中我们可以看到，上海青年批评者正在新的科技基座上思考人文，推动人文，书写当下，思考未来，努力做时代的同路人与风向标，对新兴的文学现象进行客观判断，展开有效批评，提出前瞻建议，发出与时代息息相关的声音。

批评随时代而变。当代文坛，创作繁荣，色彩斑斓。塑造当代文学格局的，不仅有风格各异的传统文学期刊，更有引领青年创作风尚的新锐杂志；不仅有传统文学及其出版机构，网络世界的文学平台则更加丰富多样，自媒体、文学社区、网络文学网站等，共同组合出当下文学版图的样貌。随着网络文学的繁荣和网剧等新的艺术题材的兴起，第二辑“述而”批评丛书跟第一辑一个很大的不同，是除了收入传统的文学批评文章，还有意收入了网络文学及泛文学（如电影、电视剧、网剧等）批评的相关作品，在重视传统文学批评的同时，引导读者关注和思考网络文学和泛文学的发展，为日新月异的艺术发展提供有益的参考。

文学的创造性转化和创新性发展需要广大文学工作者的共同努力，青年批评家勾连现在与未来，是最具有潜力的创造性力量。在现代性进程内部有效改造中国传统文论，走出书斋的象牙塔，迈向时代的十字路口，走出内循环的舒适区，在世界性的合唱中加入中国批评的声音，亟待我们直面与践行。“述而”批评丛书第二辑的出版是这份共同努力的一部分，希望能取得有益的社会效果。在新时代的引领下，上海文学具有更加开放创新、流动多元、跨界共融以及面向世界的品质，我们要用全球视野重新认识和深刻把握脚下的热土，进一步深入生活、扎根人民，用文学的方式书写上海改革开放波澜壮阔的生动实践。未来我们将进一步促进创作、打造精品，用系统的观念全面梳理和构建中国式现代化的文学话语和叙事体系，继续赋能文学、提升价值，向广大人民群众提供高品质的文学供给，为推进中国式现代化书写文学篇章、贡献青年力量。

上海市作家协会党组书记、专职副主席

马文运

序言

一

对于中国二十世纪八十年代具有先锋倾向的诗歌，研究者通常将其纳入文学“现代主义”的范畴来讨论。[1]这一趋势从这些诗歌出现之时就已开始，尽管许多时候出于误解或谨慎，“现代主义”称谓未必直接出场，而是以各种变体概念出现，比如“朦胧诗”“寻根诗”“青年诗歌”“实验诗”“先锋诗歌”“新生代”“第三代诗歌”……最初，“现代主义”多借“现代化”的时代主题获取自身合法性。到八十年代中后期，在某些诗人的论述中，“现代主义”的内涵逐渐被窄化到“纯文学”（或“文学性”）的边界内——一块看似更安全，但也更空疏的文学领地。

但显然，将整套“现代主义”文学知识移用于八十年代先

[1] 如无特别说明，本文所述“八十年代”“九十年代”，以及其他时间用语，都属二十世纪年代。本文用“先锋”一词，泛指八九十年代反叛社会主义主流诗歌程式的诸种思潮和现象，并不限定具体的诗学内涵；而“现代主义”一词，则多有明确的文学观念和文学知识上的所指。

锋诗歌，并不能解释后者的驳杂性。它四处漫溢，我们要么删削诗歌以使其更好地符合知识预期，要么曲解知识中诸概念的内涵以使其更贴近我们的观察。根本原因在于，八十年代的现代主义别有想象。它被其他欲望包裹着，除了社会学意义上的“现代化”内涵，它还寄托了更富野心的“世界文学”的想象。世界范围不同年代文学地形被压制成一片广袤的文学高原：欧洲古典文学的客观性和史诗性，十九世纪浪漫主义文学的主体解放能量，二十世纪现代派文学挖掘的“异化”和“荒诞”主题，中国现代文学中另类写作资源的重新接续……凡异于社会主义主流文学的新旧传统，都在“世界文学”的召唤下变成同时代的构造，而每一层构造或多或少都被那个笼统的“现代主义”揽于名下。

历史压抑太久，文学能量如洪水借“现代主义”喷薄而出，全部世界迅急变成内部风景，八十年代现代主义由此呈现出难得的世界主义视野。但另一方面，“现代主义”的价值取向虽不同于此前时代，但就其思维架构的宏大性而言，又与前一时代相称。如果说形式即内容，那么我们甚至可以说，基础并未变。“现代主义”转向只是掩饰了八十年代文学激情的浪漫本质，所以，柏桦回忆录题名“左边：毛泽东时代的抒情诗人”是准确的，[1] 奚密则更犀利地将当代中国的“诗歌崇拜”情结视为官方意识形态的

---

[1] 柏桦《左边：毛泽东时代的抒情诗人》，香港，牛津大学出版社，2001年。

同谋。[1]

历史与现实双重主题在“现代主义”内部的移易，源于重大的历史想象的迟滞。这一现象确实不能概括当年现代主义的全貌，但就寻根诗和随后的文化史诗而言，依然是一种有效的考察方式。考虑到“寻根诗”和文化史诗在八十年代的影响、部分相关诗人九十年代后的写作变化，特别是史诗思维与当代文化的更深广的关联，对其做出“症候学”分析仍然是迫切的思想任务。

八十年代末九十年代初，激烈的历史转折带来社会意识的深刻改变。在诗歌领域，宏大的文化想象黯淡了，众多诗人所持有的新诗学概念，写作中主题和内容的重心调整，语言技艺的更精微磨砺，这些变化积累到九十年代后半期，终于凝结成“九十年代诗歌”概念。它不是对时间的简单分割，而是拥有相对明确内涵的诗学概念。它透出强烈的文化意义上的“告别”的意味（也有人用“挽歌”描述之），正如程光炜在《90年代诗歌：另一意义的命名》说的：

> 他们要习惯在没有“崇高”、“痛苦”、“超越”、“对立”、“中心”这些词语的知识谱系中思考与写作，并转到一种相

[1] “诗歌的神圣化和诗人的英雄化揭示了一种绝对主义、乌托邦式的心态，……不管‘诗歌崇拜’多么强烈地反抗现存体制，它是否在无意间只是替换了崇拜的对象，而仍在原来的思维和写作模式里运作呢？”奚密《从边缘出发：现代汉诗的另类传统》，第241页，广州，广东人民出版社，2000年。

> 对的、客观的、自嘲的、喜剧的叙述立场上去。写作依赖的不再是风起云涌、变幻诡异的社会生活，而是个人存在经验的知识考古学，是从超验的变为经验的一种今昔综合能力。[1]

程光炜使用的描述九十年代诗歌转向的词语，明显收敛了前十年那个万能现代主义的内涵，使它更接近一种节制、专业的现代主义知识意识。但因刻意与过去相区别，他也轻率地将“社会生活”与“个人存在经验”对立起来，九十年代最活跃的写作恰恰试图融汇这两种材料。“九十年代诗歌”视野下的八十年代诗歌常被冠以“青春写作”“纯诗”等负面评价，但它忽略了两个十年诗歌间的隐曲关联。九十年代诗歌“相对的、客观的、自嘲的、喜剧的叙述立场”已隐伏在八十年代的实验中，而它的所谓超越也未必如想象的那样确然。

上述诗学场景的症候性，最鲜明地体现在九十年代诗人对“纯诗”和语言问题的思辨中。此时，“纯诗”被认为随着现代主义文学的不断“建制化”，与具体历史的关系逐渐抽空，审美自律的绝对化要求已变成新的压制。且不说“纯诗”只是由概念生发出的一种空想，单就论者常使用的“建制化”表述，也属不得要领。该词暗示的文学权力机制——无论是社会性的权力还是

[1] 程光炜《90年代诗歌：另一意义的命名》，《程光炜诗歌时评》，第5页，开封，河南大学出版社，2002年。

市场的权力，真的已构成了九十年代文学的普遍事实？至于为确立“九十年代诗歌”概念而将八十年代全部现代主义诗歌硬塞入“纯诗”的口袋，则几乎像是文学史建构过程的一桩丑闻。

概念阐释中的失当，也透出过分意识形态化地阐释文学的紧张。与浮在表层的意识形态相比，争辩者精神中看不见的意识形态构造更值得探究。以语言问题—— 一个看似最无辜的领域——为例，语言自足是八十年代以来诗歌革新的最核心动力，前十年，它是文学激进宣言登场的一面旗帜；后十年，它成了诗歌冥想的黑洞般对象，甚至它就是冥想者本身。所谓“个人存在经验”在语言思辨的反复自证中变得迷离，语言占据着起源第二天的有利位置，看起来就像八十年代史诗宏大框架的一个更神秘的替代物。

二

在上述问题背景下，本文的描述重点，一是先锋诗歌从八十年代到九十年代的演变，二是九十年代诗歌的三个精神面相。

第一章“史诗的失败：对诗歌进入九十年代的一种描述”，以寻根诗和海子的文化史诗为例，分析了八十年代先锋诗歌通过改造的“传统”概念，间接地传达了文化反思的诉求。但同时，寻根诗所绘制的过去与未来一体的浩瀚的时间图景，又与前一时代的历史欲望相吻合。类似基质也以“实体”形式出现在文化史诗中。因其内容材料无力支持巨型框架，它实质上是内部破碎、解体的史诗。这不仅仅是具体作品的失败，更是史诗化的历史构想的失败。八十年代末的突变过后，这种失败感在诗中转化为特定的意象和声调显现出来，同时，也标志着“九十年代诗歌”的开始。

第二章“‘词与物’的对峙与弃绝”，通过重新反思“纯诗/纯文学”问题，肯定其语义学上未被耗尽的能力。语言不是文学的空荡荡的容器，而是言说着的主体的生成条件，是联结人与历史的界面。“词与物”本身就暗示了两者的相互召回，一旦“与”被理解为“等于”，物就消逝于词，主体就只能在造物者与被造物两端不停兜转。针对文学语言的一切询问，最终都会探到“谁在说话”的问题。这是现代主义诗学最具诱惑力的论题之一，在九十年代诗歌语境中，它还撬动着历史潜意识层面更幽深的主体建构问题。

第三章“‘叙事’中的历史与记忆”，粗略描述九十年代诗歌的叙事转向。叙事的所指游移不定，既可指向形式和语言的技艺创新，也可指向事件散漫勾连的历史时刻。在肖开愚那里，当代生活失落的碎片发出嘈杂的声响，并最终被收集到诗人稳定而深沉的声音背景中。臧棣的写作自成一体，也许并不适合在“叙事”题下论述，但在他创造的语言戏剧中，仍自由地驱策着大量叙事性材料，他为诗歌叙事贡献了智识和语言的轻盈之力。在九十年代，叙事形成了一种广义的历史诗学，从更远处审视，那也是站在史诗废墟上最早投出的一束历史反思的目光。

第四章"'民间'，想象的空无之地"，分析民间派代表人物的诗学观念和写作特征。"民间"的提法只在九十年代末才出现，它被赋予的内涵并不能充分解释诗人本身的写作。在韩东诗中，语言的装饰成分被剔除后，世界的虚幻面显影在简约的形式中，现实经验也在其中接受着考验。于坚的诗有别样的趣味，但后来为维护"拒绝隐喻"的宗旨，他在诗中一力坚持语言和事件的还原，判断力和声音都走向单一。"民间"是此派诗人为自己创设的一个抽象的意念空间，那只是九十年代无可作为的精神的隐喻。

本文意在描述八九十年代先锋诗歌的转换和分化过程，也即更关注诗歌意识在两个时代既相异又汇通的踪迹。试图通过书写凝定一段尚未完结的历史，这本身就是荒谬的。在最坏情况下，这就像透过望远镜的两端看历史，为未完结的历史创造出两面神话：一面假想历史为微缩的远景，一面变历史为堆积的细节。望远镜式的历史研究，在遗忘之美与扭曲之美间首鼠两端。尽管完全摆脱认知装置是不可能的，但历史写作的目的在于将新神话恢复为历史，尤其是恢复为与我们自身命运相关的历史。这种反身性的写作意识，正与罗兰·巴特讲到的"中间语态"相仿，F.R. 安克施密特将它引申为一种历史写作方式：

> 巴特考虑在中间语态下使用动词“洗”的可能性，就像在“我洗我自己”中那样。在巴特看来，在这样一种新颖的方式下，动词的使用能让我们表达出这样一个事实，在写作中和通过写作行为，我们有时的确可以真的成为我们自己。因为，写作会向我们表明我们的实际所思及我们到底是谁：在此状况下，我们在写作中且通过写作有效地“意识到我们自己”。以这样的方式，我们进入与自身的关联中，而这种关联是超越主/客二分的。[1]

“我洗我自己”意味着：在“我”反身于其间的中间地带，历史最重要的那个动作恰好显现出来；或者说，它是“我”在被动的宾语位置上对历史之谜的理解和领悟。对于处身于同时代不同时段的人来说，“中间语态”的提醒尤为及时。每隔十年，人们就会焦急地为时间重新命名，而当名称与名称之间的折角展开，同时代的精神全貌就暴露出来。命名的更迭，不过是同时代不断扩展它自身的历史，也是我们被裹挟进去从而不得不反复“意识到我们自己”的历史。

早有人指出，好的历史写作不能寄望于方法论的操练，最有力的历史作品通常在风格上更近于艺术，也许只有少数真正拥有“上帝之眼”的人才能实现这一抱负。如果“上帝”一词容

[1] F. R. 安克斯密特《历史表现》，周建漳译，第 271 页，北京大学出版社，2011 年。

易造成误解，不妨换成奥登诗中的“鹰的视域”。[1]那是终于迎来历史终结，或者提早直观到历史终结之人对历史的充满怜悯的俯瞰。

三

正如众多文学史概念那样，“九十年代诗歌”从其提出之日起就争执不断，这种状况会一直延续到它关联着的历史熔岩渐渐冷却凝固之时。从另一角度看，争执不断也说明它尚有余力介入当下的精神生活（哪怕是极微小的精神生活），它部分地保留了同时代作为一个地点的本质：人们在那里喧嚣、盘桓，时间向前而又卷曲着，幻想升起而又被嘲弄着。对后来者来说，“九十年代诗歌”自身的对与错、真与假的问题，已无关紧要，争执不过是将他们重新体验到的历史紧张无奈地移到一个旧地点上罢了。

称职的诗论，尤其还试图在一种历史背景中写作的诗论，不得不在多个层面用力：它能在诗歌中理解历史文化的细微变动，也能在历史文化中获取恰当的诗歌判断力；它能描述某个诗歌流派（团体）或某种诗歌现象中群体汇聚的力量，也能描述个人的分离；它能说清楚某个诗人的诗歌特征；它能说清楚

[1] W. H. 奥登《奥登诗选：1927—1947》，马鸣谦、蔡海燕译，王家新校，第 51 页注 1，上海译文出版社，2014 年。

几首诗。将近十年后再看，本文中只有对那几首诗的解释尚未丧失全部意义。所谓细读，好处就在于带人进入一首诗的行踪，它的梦境、错觉、晦涩、游戏、本能、虚妄、惊诧，甚至迷信，都为人提供了一个远离同时代气氛的体验机会。如果没有在细读抓到的意义盈余，阅读会多么乏味，再无新鲜事可讲的历史会多么乏味。

受论述意图和结构预设的限制，本论文遗漏了许多九十年代重要诗人和重要作品，原计划还有以张枣、陈东东为例讨论诗歌“抒情”问题的一章，也未完成，使文中案例更显匮乏。不过，每过十年，短时期的文学史面貌就会发生重大改变，曾经被高估的和被低估的，都可能颠倒了形象。八九十年代诗歌距今太近，距离站在山巅上看它的时限还远。短时期的文学评论更是即生即灭的产品，许多时候，它就是机构里的一份枯燥工作，其属性甚至不如一份手工活那样自在。少数时候，有人试图对抗枯涩，冒出个人意志以为参与了同时代的精神生活，这时它更像是假扮神言，它嗫嗫嚅嚅能讲出什么真相？它不过是借历史躯壳虚构一个有关某时段文学的故事罢了。

目录

第一章　史诗的失败：对诗歌进入九十年代的一种描述

第一节　“一次性行动的诗歌”：创造传统，创造真理　5

第二节　颓败的崇高　27

第二章　“词与物”的对峙与弃绝

第一节　纯文学/纯诗：方法，语义　41

第二节　在词语和自我的边境线上……　53

第三节　词的倒逆：半个和一个，多和少　67

第四节　“谁在说话”：“词与物”的语言学症候　82

第三章　“叙事”中的历史与记忆

第一节　叙事：两个面相　101

第二节　诗歌变形记和“幽灵”的转喻　114

第三节　身体地理学与“间歇”的诗意　130

第四节　“名与命”：诗歌叙事，或一种历史记忆形式　146

第四章　“民间”，想象的空无之地

第一节　虚无和虚无的深度　167

第二节　“拒绝隐喻”的隐喻　176

第三节　“雾中的陌生人是……”　185

结　语　197

附　录　多多：张望，又一次提高了围墙……　203

主要参考书目　224

第一章　史诗的失败：对诗歌进入九十年代的一种描述

九十年代初，西川曾预言海子之死将成为这个时代的神话之一。[1] 此后二十年间，中国社会诸多文化力量围绕“海子”编织出多重话语，不仅证实了西川的判断，也从一个特定角度描画出社会转型期诡谲的文化心理状况。[2] 当然，神话话语通常都内含着祛神话的缝隙，特别是经历了九十年代“知识形构”的转变后，[3] 任何当代神话都将遭遇深刻质疑。海子大诗结构中存留的对于最高真理的幻觉，受到诗人们越来越多的质疑。此外，神话内容和形式的暗中颠倒，也嘲讽了它自身的神圣性，如，“海子”的象征意义常被引向对九十年代市场逻辑的批判，但后者又恰好深度介入了对“海子神话”的塑造。

[1] 西川《怀念》，西川编《海子诗全编》，第 6 页，上海三联书店，1997 年。

[2] 参见崔卫平编《不死的海子》，北京，中国文联出版社，1999 年；赵晖《海子，一个“80 年代”文学镜像的生成》，北京大学出版社，2011 年。

[3] 程光炜最早借福柯“知识形构”（épistémè，又译“知识型”）描述九十年代诗歌的演变，参见程光炜《90 年代诗歌：另一意义的命名》《序〈岁月的遗照〉》等文，收入《程光炜诗歌时评》，开封，河南大学出版社，2002 年。

海子神话之被质疑，反映了人们对神话的虚妄性的厌倦，更直接的原因还在于，海子的史诗写作被视作八十年代某种写作症候的代表。因此，对他的质疑某种程度上也是反省八十年代写作的开始。史诗确实可以概括八十年代从江河、杨炼开始，到更年轻一代的“整体主义”“新传统主义”，以及难以归入具体派别的相当一部分诗人的共同追求。尽管他们对史诗的理解各有差异，但他们的史诗大都展示出“负面的想象力”（姜涛语）。[1] 史诗似乎在某个维度上实现了对现代汉语诗歌表达极限的探索，但最终，它碰触到的或许只是表达的不可能的界限。

[1] 姜涛用“负面的想象力”描述海子后期诗歌中“暴力的、死亡和分裂的景象”，以及感受和想象力上对现代文学关于“黑暗”“恶”的关注。姜涛《冲击诗歌的“极限”——海子与80年代诗歌》，《巴枯宁的手》，第126—127页，北京大学出版社，2010年。

第一节 “一次性行动的诗歌”：创造传统，创造真理

一

海子在短暂的写作生涯中留下众多优秀短诗，但他更大的抱负是创造史诗，即他所称的“大诗”。他以冲击极限的方式写作“太阳·七部书”，并自觉思考、阐述有关史诗的理论问题。“书”暗含的对绝对真理的系统性想象的渴望，容易让人联想起浪漫派的“总汇诗”。[1] 后者致力于诗与批评的融贯，其中，批评本身就是对本原的或未来的必然之诗的构拟（虽然在现时代，这首必然之诗还暂未出现），换言之，“总汇诗”表达了诗对无限的神往。[2] 与此类似，海子的诗歌理论是他大诗体系的有机组成

[1] 施勒格尔《批评断片集》，《浪漫派风格——施勒格尔批评文集》，李伯杰译，第71页，北京，华夏出版社，2005年。

[2] 参见菲利普·拉库－拉巴尔特、让－吕克·南希《文学的绝对：德国浪漫派文学理论》，张小鲁、李伯杰、李双志译，第317—338页，南京，译林出版社，2012年；瓦尔特·本雅明《德国浪漫派的艺术批评概念》，《经验与贫乏》，王炳钧、杨劲译，第82—84页，天津，百花文艺出版社，1999年。

部分，是他“七部书”之外的第八部书。[1] 海子受文化史诗的影响开始逐渐形成自己的理论表述，与一般的比较文化学进路不同，他的诗学呈现出较明显的哲学色彩，比如他诗论中的两个基本概念“实体”和“元素”：

> 其实，实体就是主体，是谓语诞生前的主体状态，是主体的沉默的核心。我们应该沉默地接近这个核心。实体永远只是被表达，不能被创造。它是真正的诗的基石。才能是次要的，诗人的任务仅仅是用自己的敏感力和生命之光把这黑乎乎的实体照亮，使它裸露于此。
>
> （《寻找对实体的接触》）

> 开始我只是以为自己是追求一种素朴和一块实体。我可以在其中赤足歌唱。后来我觉得：大地如水，是包含的。全身充满大的感激和大的喜悦。土地是一种总体关系，魔力四溢，相互唤起，……
>
> （《寂静》）

> 而另一类诗人，虽然只热爱风景，热爱景色，热爱冬天的朝霞和晚霞，但他所热爱的是景色中的灵魂，是风景中大

---

[1] 燎原《海子评传（最新修订版）》，第 242 页，北京，作家出版社，2016 年。

生命的呼吸。……必须从景色进入元素，在景色中热爱元素的呼吸和言语，要尊重元素和他的秘密。

（《我热爱的诗人——荷尔德林》）[1]

“实体”概念也许源自黑格尔，后者用“实体”指称灌注于全部现象世界的绝对力量，[2] 海子的“实体”则更多地落实为世界的某种基本物质形态，强调它们总体性的生成能力，即可以从中诞生其他事物的能力。海子的“实体”因其生产性也构成一种诗歌思维方式，一种诗歌结体世界的手段。相较于“实体”的总体性，“元素”似乎指涉最小物质单位内部的运动和变幻的本能，也就是骆一禾所说的“‘使生长’的基因”。[3]“实体”和“元素”既是自在的，又有待写作去照亮，其中潜伏着有关主客体意志的某种悖论：隐匿主体的愿望与写作中实际造就的强大主体之间的悖论。这几乎构成八十年代史诗写作的最深刻矛盾之一，并常以另一种概念形式表现出现：“传统”与“个人”的意义

[1] 分别见《海子诗全编》，第 869—870、876、916 页。

[2] 参见黑格尔《美学》（第二卷），朱光潜译，第 20—30 页，北京，商务印书馆，1979 年。海子的史诗和诗学观念包含着广泛的黑格尔因素。比如，辩证法（特别是意志与法的冲突）作为诗歌的基本结构，与黑格尔《美学》相似的艺术（史）观。当然，海子对黑格尔思想更多只是一种直观领悟，不能夸大其真实性，正如西川在评说海子史诗与印度文明的关系所说，“一个真正的印度对于海子并不重要，重要的是海子需要一个属于他自己的印度”。《海子评传》“首版序言”，第 4 页。

[3] 骆一禾《海子生涯》，张玞编《骆一禾诗全编》，第 872 页，上海三联书店，1997 年。

颠倒。

早在七十年代末，《今天》杂志中已有文章引用过艾略特的传统观。[1] 八十年代初，杨炼也用艾略特的思路说明传统的当代意义："它是传统，谁都无法、谁也不能摆脱的传统。我们基于共同文化——心理结构的独特语言形式。……我相信，任何个人的创造都无法根本背叛他所属的传统。每一个艺术家在他所提供的'单元模式'中，都自觉或不自觉，或多或少地浸透着传统的'内在因素'，这是他自身存在的前提。"[2] 在艾略特那里，传统为诗人逃避个人情感和个性提供了某种历史意识，"不但要理解过去的过去性，而且还要理解过去的现存性，……这个历史的意识是对于永久的意识，也是对于暂时的意识，也是对于永久和暂时合起来的意识。就是这个意识使一个作家成为传统性的。"[3] 艾略特的诗歌理论与他保守的文化政治立场一致，但逻辑上的破绽在于：首先，在他的"传统"与

---

[1] 如，辛锋说："传统是某种有广泛意义的东西，这需要人具有深邃的历史意识和历史感，同时进行艰巨的精神创造活动，只有这时候，创造者才创造了传统，他拥有了历史上永不衰败的意义和价值。"辛锋《试论〈今天〉的诗歌》，载《今天》第六期，1979 年。江河说："它像一条河流，涌来，又流下去。没有一代代个人才能的加入，就会堵塞。……当然，过去的传统会不断地挤压我们，这就更需要我们百折不挠的全新的创造。不但会冲掉那些陈腐的东西，而且会重新发现历史上被忽略的东西，使传统的秩序不断得到调整。"《诗人谈诗（续）》，载《今天》文学研究会《文学资料》（之一），1980 年。

[2] 杨炼《传统与我们》，《鬼话 · 智力的空间》，第 151 页，上海文艺出版社，1998 年。

[3] 托 · 斯 · 艾略特《传统与个人才能》，《传统与个人才能（艾略特文集 · 论文）》，卞之琳、李赋宁等译，第 2—3 页，上海译文出版社，2012 年。

“个人”的循环论证中，后者常有被收回而变为次一级存在的危险；其次，他的传统自明且稳固，最终通往“无时间性”的境地。[1] 如果进一步追问该传统是怎样的？谁的？如何构造出来？那么，他描述的传统也许就不再那么清晰，他的逻辑效力也将遭到损坏。

自新文化运动以来，传统屡遭攻讦，当代史的相当长时间里，传统也只能在阶级史视野下被审视。也许正因为中国文学传统已不再如艾略特眼中的欧洲文学传统那样确定，八十年代中国诗人不得不首先创造一个自洽的传统。此外，人们在艾略特的概念里看到了另一个优点，那就是他的概念结构为“个人”及相关话语的出场提供了便利。在八十年代的语境下，特别是在当时自上而下的政治动员结构中，“传统”的地位既显赫又混沌。一方面，在政治上，要批判传统中隐蔽的“封建主义”内容；另一方面，又要利用传统的可达成新的社会文化认同的那一面价值。因此，艺术家如何通过“传统”迂回言说自我、审美、“现代化”等论题，就成了一种微妙的话语策略。当年的先锋派寻根文学（电影、绘画、音乐等领域也有同类实践），无论对传统持赞颂态度还是批判态度，凭借某种颠覆性的叙事或语言操作，它们的主题意蕴都或多或少地逾越了政治反思方案的设定。

[1] 雷纳·韦勒克《近代文学批评史》（第五卷），杨自伍译，第 332 页，上海译文出版社，2009 年。

传统本就存活在对它的不断发明中，八十年代恰好是这一发明进程中较为激烈的一个时期。“传统”的更新支援了新的时间构想（“新时期”），寻根派的文本确实也揭示了传统中被长期压抑的另一些可能的面貌，但过于宽泛的阐释也常常使“传统”变成一个飘忽、空洞的能指。“传统与个人”因其语义可自由交换而包含了种种语言倒错的机会。在杨炼这里，传统既是自明的又是当代人需要争夺和占有的历史空间，[1]它将召唤这样的人出现：“他”将同时据有已是和将是、旧人和新人、主体和客体的位置：

> 他的诗把神话打碎暴露出赤裸裸的现实，再从这现实中挖掘另一种贯穿人类的智慧，使你们在一个完全陌生的地方发现你自己。无论你会怎样惊讶，这是一个事实：你早已置身其中了一个初临之境，你终于重逢了一个将要结识的人，你正在读自己从未写过的诗——那些象形文字的面具直瞪着你，它们要你从另一种迷失中醒悟过来，加入它们之间，重温一遍自己的历史。[2]

“初临之境”不仅是当代人所要面对的文化客体，更关乎一个本真自我的显现，在此境界中，“他”与“象形文字”拥有同

[1] 杨炼《传统与我们》,《鬼话 · 智力的空间》，第 155 页。

[2] 杨炼《重合的孤独》,《鬼话 · 智力的空间》，第 164 页。

等地位。第三人称视角并未派生出自我审度的距离，反而赢回一种自我新生的陌生化的震惊效果。无独有偶，杨炼也曾用“实体”论说诗的自足性：“它不解释，而只存在”。[1] 海子在“实体”中保留了基本的物质性，杨炼的“实体”则是传统文化的基本结构；尽管两者内涵有差异，但是它们的性质尤其是它们内在的矛盾的性质是一样的。

杨炼颠倒了传统与个人的等级，论述重心移向了“个人”一端。这个人不仅是一个在创作中得以自立的人，更是一个类属意义上的新人代表。传统和自我的诞生都属于原初性事件，杨炼在别的文章中也写到，在个人身上重新发现活的传统“必须以‘自我’（‘现代性’的前提）为地基和能源”。[2] 在他的组诗《诺日朗》结尾，叙述者更以神谕的口吻说：“在黑夜之上，在遗忘之上，在梦呓的呢喃和微微呼喊之上/此刻，在世界中央。我说：活下去——人们/天地开创了。鸟儿啼叫着。一切，仅仅是启示”。传统、主体和创世三位一体，与此同时，当杨炼将传统界定为“基于共同文化 – 心理结构的独特语言形式”或“初临之境”时，传统同样显现出无时间性的本质。流动的传统再次凝固，对艾略特的偏离又导出一个艾略特式的结论，这其中的逻辑看似矛盾实则圆融：只有一个无限主体才能构筑出一个超然的传统，而无限主体在讲述传统时，也就是在讲述一个自我诞

[1] 杨炼《智力的空间》,《鬼话 · 智力的空间》，第 157 页。

[2] 杨炼《魔镜——中文当代诗的三重对称》,《鬼话 · 智力的空间》，第 190 页。

生的非凡事件。

二

寻找本源是八十年代史诗写作的主要动力。到八十年代中后期，“现代”主题的重要性愈益凸显，传统问题已不如当初那样敏感，在某些言路中，传统甚至成为亟待搁置甚至清理的话语负担。尽管寻根诗的追随者们仍沉迷于在诗中发明传统之美（他们舍弃了杨炼的恢弘风格，为诗中指涉着“传统”的那些意象造出一种拜物特征），但越来越多诗人明确表达出对传统的批判态度。比如，“新传统主义”宣称当代诗人自身应构成“一部独特的艺术史，一个特殊的传统”；[1]欧阳江河的《悬棺》中的诗句，“所有的人死于同一个杜撰，死于比死亡更为可怕的永生。每一个诞辰和忌日，都把众多亡灵从各自的超度中唤醒，为了再度死去。”骆一禾说，“诗中飘满上古，人生飘满墓碑，倒不如老子所说：抱朴见素，将活生命的力量，播释于人与人之间，发挥到它的极致，不必去争抢上古的地盘。”[2]海子早期也曾将史诗的根系探向东方精神，[3]但到写作“七部书”时，他尖锐地批判

[1] 徐敬亚、孟浪、曹长青、吕贵品编《中国现代主义诗群大观 1986—1988》，第145页，上海，同济大学出版社，1988年。

[2] 骆一禾《水上的弦子》，《骆一禾诗全编》，第831页。

[3] 参见海子《寻找对实体的接触》《寂静》，收入《海子诗全编》。

古典诗人的文人气质和趣味主义。[1] 他的古典理想已不再只是本民族过去的文化实存，而是朝向未来的“世界文学”性质的古典（“这古典是一种黎明”[2]）。如果说杨炼是在过去的维度上将传统改造为一个自我－创世神话的话，海子则是在未来维度上重述了同一个神话。传统和反传统、过去和未来在此并不相悖，它们共享一个目的论信念：过去和未来分别将理想的一面投向对方，都构成历史判断的最高时间尺度。

海子的“实体”撷取能够显示所有事物之本质的元事物，其生成力不受具体时空条件的制约。但当他的视野延展至世界文明的背景时，“实体”所具有的那种唯物的、客观的表象也许就显得过于滞重了，它的地位逐渐被另一些概念代替，比如大诗的“造型性”：

> 在亚当型巨匠那里（米开朗琪罗、但丁、莎士比亚、歌德）又是另外一种情况，原始力量成为主体力量，他们与原始力量之间的关系是正常的、造型的和史诗的，……产生了人格，产生了一次性行动的诗歌，产生了秩序的教堂、文明类型的万神殿和代表性诗歌——伟大的诗歌：造型性的史诗、悲剧和建筑“这就是父亲的主体”。

[1] 海子《诗学：一份提纲》,《海子诗全编》，第 897 页。

[2] 海子《日记》,《海子诗全编》，第 880 页。

> 当然，还有更高一级的创造性诗歌——这是一种诗歌总集性质的东西——与其称之为伟大的诗歌，不如称之为伟大的人类精神——这是人类形象中迄今为止的最高成就。他们作为一些精神的内容（而不是材料）甚至高出于他们的艺术成就之上。他们作为一批宗教和精神的高峰而超于审美的艺术之上，这是人类的集体回忆或造型。[1]

这种典型的黑格尔式艺术观，与其说反映了某种历史意识，不如说是类型学上的对世界艺术价值秩序的排定。这一倾向也存在于八十年代流行的“世界文学”概念中，歌德的“世界文学”所推崇的正是一种非历史化的、以古希腊艺术为典范的文学的世界精神。[2]黑格尔的上帝视角的艺术史预设了历史与历史叙述的同一性：不是叙述在寻找历史，而是历史叙述它自己，或者说，历史的展开即历史叙事的施行。这类观念促使海子相信，史诗“造型”拥有等于甚至高于自然物的品格，并使他在每一部大诗中都布置了浩渺的时空结构：天空、大地、大草原、巴比伦、赤道、天梯……它们是抽象的宇宙图式，是世界精神（法）的辉煌显像，骆一禾曾形象地称它们为铸造“圆

[1] 海子《诗学：一份提纲》，《海子诗全编》，第893—894、900页。

[2] 艾克曼辑《歌德谈话录》（上），杨武能译，第197—202页，石家庄，河北教育出版社，2015年。

柱”，并说它们“令人感到数学之美的简赅”。[1] 自由意志可以超越人类时间直抵真理领域，由此也促成了海子史诗的激荡着语言神力的、呼告式的抒情风格，如《太阳·弥赛亚》开篇第二首“献诗”的一节：

天空在海水上
奉献出自己真理的面容
这是曙光和黎明
这是新的一日
阳光从天而降穿透了海水。太阳！
在我的诗中，暂时停住你的脚步
让我用回忆和歌声撒上你金光闪闪的车轮
让我用生命铺在你的脚下，为一切阳光开路
献给你，我的这首用尽了天空和海水的长诗

诗歌的本质是“回忆”，昭示着必将反复到来的真理的黎明。这真理超越了人类认知，只能被直观地把握为高度提纯的数学之美，如贯通天地的垂直线。骆一禾曾说，他和海子写作长诗，原因之一是看重史诗结构的“吸附能力”，即它作为认识框架持续塑造历史和文明的强大功能，就如古希腊和希伯来神话

[1] 骆一禾《海子生涯》，《骆一禾诗全编》，第 870、871 页。

之与西方历史的关系那样。[1] 杨炼也在新传统中寄寓了某种“趋向整体的真实”。[2] 显然，史诗已不只是个人诗学问题，而与一个时代更大的价值关切相关。史诗造型意味着一劳永逸地创立开端及未来，意味着以“一次性行动的诗歌”开启永恒之诗的机运。造型宣告了艺术、自然和精神的有机统一，并因此重复了观念论哲学大师的艺术箴言：黑格尔说，“建筑为神的完满实现铺平道路”；海德格尔说，艺术创建世界和大地而真理就发生于其中。[3]

在八十年代史诗及其观念中，普遍分布着大幅度的空间架构，如杨炼长诗从《易经》中提取的“框架”，骆一禾《世界的血》中的“屋宇”，“整体主义”倡议的艺术与整体存在的“同构”，“非非主义”的“变构”“前文化”等概念中已预留出的结构想象。[4] 它们在诗中无论凝聚为具有生长力的核心意象，还是转化为结构布局的动因，都超出了它们单纯作为一种诗歌技艺的意义，并联合到当时思想先锋派共同追逐的社会文化改造事业

[1] 骆一禾《关于海子的书信两则》，《不死的海子》，第 19 页。

[2] 杨炼《智力的空间》，《鬼话 · 智力的空间》，第 160 页。

[3] 黑格尔《美学》（第一卷），朱光潜译，第 106 页，北京，商务印书馆，1996 年。马丁 · 海德格尔《艺术作品的本源》，《林中路》，孙周兴译，第 1—71 页，上海译文出版社，1997 年。

[4] 杨炼《智力的空间》，《鬼话 · 智力的空间》，第 158 页。骆一禾《世界的血》，《骆一禾诗全编》，第 619—639 页。“整体主义艺术宣言”，《中国现代主义诗群大观 1986—1988》，第 130 页。周伦佑选编《打开肉体之门——非非主义：从理论到作品》（兰州，敦煌文艺出版社，1994 年）中的理论文章。

中。值得一提的是，新思想的绘制常常乞灵于科学方法的权威性，其中尤以“三论”（系统论、控制论、信息论）的影响为甚，后者的“元科学”（研究科学的科学）面貌更能满足人们对于真实性的向往。人文艺术研究也被寄予一种科学之真的价值，科学也被期许以一种美的感觉。[1] 这也是中国现代思想史的一个通例，每遇激烈的文化论争，科学话语总会被当作重要的思想批判资源，用以支持相互冲突但又自诩为真的各种论断。[2] 这一思路也影响了人们选择和阐发西方理论的基本态度，当时受人青睐的格式塔心理学、精神分析学、神话原型理论、结构－符号理论、文化形态史观等，大都可在其内部辨认出鲜明的框架模式。中国学者的“积淀说”“封建社会超稳定结构”“人类学本体

[1] 如，李泽厚称自己的美学概念“积淀”是，“在审美心理上是某种有待发现的数学结构方程”。李泽厚《美的历程》，第 213 页，北京，文物出版社，1981 年。金观涛、刘青峰在《兴盛与危机——论中国封建社会的超稳定结构》（长沙，湖南人民出版社，1984 年）一书中试图建立中国王朝史演变的数学模型，包遵信评论该书时说：“其实，科学上任何创新的价值固然是在它能给人更真切的知识，但它最先打动人的往往是让人领略到一种美的快感。”包遵信《史学领域的新探索》，《兴盛与危机——论中国封建社会的超稳定结构》，第 1 页。海子 1986 年发表的论文《从突变理论看国家的产生形式和法的作用》（最初刊载于西北政法学院某杂志，曾收入金松林《悲剧与超越——海子诗学新论》，桂林，广西师范大学出版社，2010 年）即借用了金观涛的理论。西川也说，海子曾在中国政法大学为学生开设过控制论、系统论和美学课程。西川《怀念》，《海子诗全编》“代序二”。

[2] 参见郭颖颐《中国现代思想中的唯科学主义（1900—1950）》，雷颐译，南京，江苏人民出版社，1990 年。本书结语点明了科学崇拜是如何转化成意识形态的：“许多现代中国的思想领袖都未能把批判态度和方法论权威、科学客观性与绝对理性、科学规律与不变的教条区别开来。这就引起了一个多种观念互相竞争的时代。而这有助于开启另一个时代，即一种超级思想体系的一统天下。”（第 145—146 页）

论”“性格组合论”等理论，也都在努力创建某种带有普遍方法论特征的解释体系。尽管学者们通常赋予自己的理论结构一种可调节的、动态的属性，但那更像是为自己的理论承诺了一种纠错潜力，而非对结构思维本身的疑虑。

史诗的宏大框架正是上述知识气候的一种体现（当然，科学主义远不能说明八十年代思想起源的复杂性）。随着文化参照的变换，人们对自身发展落后的感知，又转化出一种有关中西方空间差异的意识。时间被空间化与历史的自然化是一体两面的构造：只要寻获一个更真实、本质的开端，历史就将如自然有机体那样从衰败中恢复生机。“框架”是开端的提喻形象，它是一个意识容器，更是思想本身的内容，即“形式的教义”（萨义德语）。[1] 在开端处，史诗叙述者发出真理的声音，他在意志强度上呈现出的某种“集体”规格（海子说的“父亲的主体”），都使他成为新的历史主体的象征。“框架”虽然包含着一个形式上的边界，但它可以自由延伸到无边无际的地方。它是通过想象性地占有、体验整个世界空间以扩充出一个主体空间的方式。在其中，外观也是内视，过去也是未来，世界主义也是民族主义。无论是杨炼追踪的内部的异域，还是海子诗剧中类似世界剧场的空间意念；无论是诗中繁复排列出的博物化的视觉意象，

[1] “一个开端就是一个时刻，在这里，心智可以把自己或者把它的各种产物说成是具备了形式的教义。”爱德华 · W. 萨义德《开端：意图与方法》，章乐天译，第78页，北京，生活 · 读书 · 新知三联书店，2014年。

还是诗中由光学作隐喻的绝对真理，它们都既是可欲对象又是欲望本身，语言变成对伟大主体的演示，民族志的朝圣之旅和直接跃入真理天空都可视作大写的自传——既是个人的，更是民族的。

客观上，框架本身的空疏性也将当年的历史反思安全地控制在了文化反思层面，只有进入九十年代，随着另一类知识的引介，人们对框架本身的权力性才有了重新思考的可能。

三

八十年代诗歌的现代性意识表现出强烈的浪漫主义特质（本文并未区别使用“浪漫派”和“浪漫主义”）。这么说并非将八十年代诗歌直接比附于十八到十九世纪欧洲的浪漫主义运动，尽管后者的一些艺术准则，如文化民族主义、自然神论、复古主义、“新神话”、对艺术绝对性和综合性的寻求等，同样反映在八十年代的史诗中（尽管它们的意旨和表现形式不尽相同，有些价值取向甚至刚好相反，如对科学的见解）。[1] 浪漫主义是

[1] 比如，欧洲浪漫派的诗学理想是：“所谓诗学，就是作品的创造而不是作品，是工具的安排而不是工具。这就是浪漫派追求的个体和系统的核心或基础……永远的诗的创造（poïesis），至少在这里与之对等的是永远的生产。”菲利普·拉库－拉巴尔特、让－吕克·南希《文学的绝对：德国浪漫派文学理论》，第 33 页。不是诗歌是什么，而是诗歌造就了什么，这与海子的“一次性行动的诗歌”理想几乎一致。

西方现代思想史上的一场意义深远的思想革命，[1]其影响早已越出欧洲边界，为其他地方的民族解放和社会文化运动提供着不竭的灵感。在亚洲，诚如宇文所安所言，浪漫主义虽已脱离了特定的历史语境，但人们依然迷信它的有关“全新”精神的宣言（他称之为谎言和神话），“这宣言带给他们一线希望——也许，可以逃离似乎已经失败了的历史。”[2]有关“全新”的宣言也支持了如上所述的重塑开端的史诗梦想，如果从创造新人的角度来理解“全新”，也许更能揭示八十年代诗歌的浪漫特质。伯林曾描述过浪漫主义的绝对自我观念：通过支配除自身之外的一切事物的方式追逐无休止的创造。[3]施密特将这种能量解释为“主体化的机缘论”：写作被类同为上帝的创世工程。[4]主体迷狂不仅表现于八十年代的史诗中，那些喧哗的诗歌运动和诗歌流派的更迭，虽然作为一种反抗策略有其充分的合理性，但一些诗

[1] 参见以赛亚·伯林《浪漫主义的根源》，吕梁等译，第9—27页，南京，译林出版社，2008年。

[2] 宇文所安《什么是世界诗歌？》，洪越译，田晓菲校，载《新诗评论》2006年第1辑（总第三辑），第122页，北京大学出版社，2006年。

[3] 以赛亚·伯林《浪漫主义时代的政治观念：它们的兴起及其对现代思想的影响》，王岽兴、张蓉译，第19页，北京，新星出版社，2011年。

[4] “这是一幅宏伟的世界图景，上帝的优势（Gottes Überlegenheit）上升为巨大而奇幻的值（Größe）。这种特殊的机缘论态度，在其他东西——大概是国家或人民，甚至某个个人主体——取代了上帝作为终极权威和决定性因素的位置时，依然能够存在。这种可能性的最新表现就是浪漫派。因此，我建议如下提法：浪漫派是主体化的机缘论（subjektivierter Occasionalismus）。换言之，在浪漫派中间，浪漫的主体把世界当作他从事浪漫创作的机缘和机遇。”卡尔·施密特《政治的浪漫派》“再版前言（1924）”，冯克利、刘峰译，第15页，上海人民出版社，2004年。

人刻意借运动的惊人效果塑造另类的或天才的自我形象，或者以看似虚无的“反崇高”“反文化”姿态耽于唯意志论的躁动，这些都属于那种浪漫的创造“全新”精神的现象。[1]

海子曾自称浪漫主义诗人，并因此招致某些人的指责。[2] 骆一禾也不避讳以浪漫主义评价海子，尽管他指出了海子大诗的激情方式与其宏大构思之间存在冲突，但主要是给出了为海子辩护的一种基本思路（这也为“海子神话”的形成奠定了阐释基础）：将所践行之事的壮丽转述为践行者精神的壮丽。[3] 另一种辩护方式是努力阐释海子诗歌的复杂性，如陈超论述海子大诗的“神性音型”时认为，“海子一面‘发明’出了自己的‘神性’，继而或同时又自我盘诘这一‘发明’”，他的诗“因此获具了某种真切的张力和心灵的可信感，而非向上一味升华、蒸发而‘不知所终’”。[4] 陈超的论述其实涉及到了浪漫反讽的问题，海子后期诗论对此已多有触及，比如，“个体与经验的诗歌”超拔为“永

[1] 近年有关二十世纪中国诗歌与浪漫主义关系的更深入的争论，参见西川《诗人观念与诗歌观念的历史性落差》[载《今天》2008 年春季号（总第 80 期）]、《中国现代诗人与诺斯替、喀巴拉、浪漫主义、布鲁诺》[载《新诗评论》2009 年第 2 辑（总第十辑），北京大学出版社，2009 年]，王敖《怎样给奔跑中的诗人们对表》[载《新诗评论》2008 年第 2 辑（总第八辑），北京大学出版社，2008 年]、《关于〈对表〉一文的澄清》[载《新诗评论》2010 年第 1 辑（总第十一辑），北京大学出版社，2010 年]。

[2] 参见西川《怀念》《死亡后记》，《海子诗全编》，第 8—9、926 页。

[3] 参见骆一禾《冲击极限》《我考虑真正的史诗》《海子生涯》，收入《骆一禾诗全编》。

[4] 陈超《中国先锋诗歌论》，第 203 页，北京，人民文学出版社，2007 年。

恒的集体”时的幻象性，对诗歌在世界黄昏中必将失败的命运的预言，等。[1] 浪漫反讽的“绝对反题的绝对综合”（施勒格尔语）观念确实包含某种辩证成分，[2] 但它试图以“生成”的意志直接贯通有限与无限、自我与非我、创造与毁灭，这些对立范畴无休止地相互颠覆、吞没，始终扭结于无中介的同义反复状态。“生成”的激情最后不得不消化于某种心理学范畴内（如“渴望”）。浪漫反讽中包含的宏大的否定尺度，根本上确立了自我作为最高裁决者的地位。在其中，黑格尔看到主体的“坏的无限物”或“精神上的饥渴病”，[3] 克尔凯郭尔也看到主体的空空如也的命运。[4] 反讽轮次的增加也不能抑制主体的浮荡，反而加剧了主体内部的意识回旋的风暴，克尔凯郭尔给出的建议是恢复“现实具有有效性”这一智识。[5] 二十世纪五十年代，莫里斯·梅洛－庞蒂研究辩证法时其实也遇到了同样的思想难题。他认为对立面的相互超越或交替上升“都属于奇迹、珍奇、荒谬现象之列”，

[1] 海子《诗学：一份提纲》，《海子诗全编》，第 901—911 页。

[2] 施勒格尔《断片集》，《浪漫派风格——施勒格尔批评文集》，第 72 页。

[3] 黑格尔《逻辑学》（上卷），杨一之译，第 137 页，北京，商务印书馆，1996 年；黑格尔《美学》（第一卷），第 83 页。人们对黑格尔辩证法的理解充满争议，有人认为他的概念构成基础是“差异”，他的否定也针对自身从而提示了匮乏的本性而非运动的圆满；有人认为他的否定最终返回了有限性和特殊物，因此他的反讽仍保留为现存伦理之一种。但批评者认为他的运动概念仍运行于意识结构内部，或仍以目的论为前置条件，所以只是变形的浪漫神学。下文所引克尔凯郭尔“现实”概念同样隐匿着神性成分。

[4] 克尔凯郭尔《论反讽概念：以苏格拉底为主线》，汤晨溪译，第 244 页，北京，中国社会科学出版社，2005 年。

[5] 克尔凯郭尔《论反讽概念：以苏格拉底为主线》，第 285 页。

真正的辩证法“只有当我们把它们放回到我们的经验中时，它们才能够在某个主体、存在及其他主体的结合处被阐明”。[1]“结合处”交织着丰富的叙述通路，它可以是连接观念以使其更顺畅运行的细节性的概念或思维，也可以是作品情节中无法被框架化的矛盾、停滞、偶然、未知的因素。

如果说文学空间正是在莫里斯·梅洛－庞蒂所说的那个“结合处”才能获取自身内容的话，那么史诗的“造型”和“框架”几乎算不上一个空间。它们以自身为内容对象，缺乏梅洛－庞蒂所称的“存在场的厚度”的充实；[2]它们犀利、清洁、旷远，看起来更像是对存在的清空。陈超在海子大诗中体味到的“自我盘诘”，也只表现为声音方向的不同，而非声音强度和质地的不同。正如诗中同时登场的众多历史人物或虚构人物，既没有示人以丰沛的个人命运形象，也不象征某种具体的历史内涵和历史意识，他们都是从“我”中分化出的不同的主体位格，[3]历史中的全部生命都汇集为同一音质的重复独白，正如欧阳江河在评价海子大诗《土地》时说的，“写作成了越来越多、还会更多的一个堆积过程。”[4]同样，“永恒的集体”虽被视为一个幻象，但

[1] 莫里斯·梅洛－庞蒂《辩证法的历险》，杨大春、张尧均译，第237页，上海译文出版社，2009年。

[2] 莫里斯·梅洛－庞蒂《辩证法的历险》，第233页。

[3] 燎原也曾评论海子大诗中的人物是“一分为若干的他自己”，“最终都是海子生命中若干精神元素的代表。”燎原《海子评传（最新修订版）》，第237页。

[4] 欧阳江河《1989年后国内诗歌写作：本土气质、中年特征与知识分子身份》，《站在虚构这边》，第61页，北京，生活·读书·新知三联书店，2001年。

它仍然具有一种拯救经验之诗的强力；但当海子有时用“人民”概念来定义“集体”时，[1]则更是退回到了当代史上那个最具凌驾性的政治 – 道德观中。

在欧洲，浪漫主义以艺术神圣理念应对一个正被祛魅的世界；在八十年代的中国，浪漫美学和浪漫哲学则旨在肃清历史暴力的精神遗害。有人会说这是历史学家所述的“漫长的十九世纪”的又一例证，但十九世纪（广义的）形成的有关“理性的狡计”的知识内省意识，[2]如，原初存在和真理的不可知性，自然的暴虐，理念与意志的差异，缺乏道德协调的意志和激情所带出的危险……在八十年代的浪漫派中，这些知识都被严重忽视了。“造型”或“框架”仿佛都是先行给定的价值客体和历史行动的终极方案，“回忆”（“让我用回忆和歌声撒上你金光闪闪的车轮……”）也只是对柏拉图意义上的“模仿”的再模仿，是回忆性质的诗变成了对诗的回忆，有关太阳的热力幻象变成对崇高文本的回忆的惊喜。

文学在克服政治异化的过程又碰到了另一种异化，自由被框架化之后重又泯灭了自由。骆一禾曾说：“海子的生命充满了激情，自我和生命之间不存在认识关系。”[3]这一认识关系被完全

[1] 海子《动作》，《海子诗全编》，第 888 页。

[2] “理性的狡计”见黑格尔《历史哲学》“绪论”，王造时译，第 30 页，上海书店出版社，2006 年。

[3] 骆一禾《海子生涯》，《骆一禾诗全编》，第 872 页。

抽空时，有关表达的悖谬也将随之而来。（骆一禾在诗论中已经醒目地论及主体与语言的悖论，比起同时期及流布于九十年代诗歌中的各种语言玄学，显出难得的理论洞察力。[1]）“实体”和“造型”既自在又自为，既是自然的又是历史的，既是法本身又是法的目标，那么，写作和写作者究竟处在哪里？这类疑问一旦出现，真理框架就面临解体的危险，由其应许的主体内涵也将迷失于无有。海子晚期诗歌的部分片段也确实表露出言说与言说之无能的焦灼，如《太阳·弥赛亚》结尾时的诗句：

吐火后
一卷经书疲倦了　坐下来
成为石头
好像自己坐下自己离去
自己成了自己的座位
一卷经书如此疲倦
自己成了自己的石头大座
吐火的是我吗　一卷经书自问
一卷经书自问又繁殖　是我吗

“石头大座”（它是“实体”和“造型”的最怠惰的形象）与

[1] 参见骆一禾《美神》《火光》，收入《骆一禾诗全编》。

上升的火焰的拉扯，“经书”与“我”的躁动不安的换位及其疑问，都道出了经验自我与灵魂自由、实在与表达之间的剧烈冲突。浪漫反讽坠入它自身的虚无中：“在世界和我的身上，已分不清/哪儿是言语哪儿是经历”（《太阳·弥赛亚》）。一次性行动的最深层欲望是死亡，仿佛只有死亡能制止意志和语言的喷涌。韩东的评论最切近此处论题：“如果说海子是为诗而死的，那就是说他的创造力已面临绝境。死是一个完成，而非任何意义上的上升。”[1]尽管谈论死亡不得不涉入形而上学，但他至少提醒人们，与其急于创建一种有关死亡的形而上学，不如首先思考一种过于简明的形而上学本身是如何死亡的。

[1] 韩东《第二次背叛：第三代诗歌运动中的个人及倾向》，《韩东散文》，第 140 页，北京，中国广播电视出版社，1998 年。

第二节 颓败的崇高

一

八十年代史诗写作的问题，不仅关涉着当代诗歌意识的某些症结，在更深远的背景中，它仍隶属于那个更根本的追问：在“散文”时代或存在的总体性已丧失的时代，史诗何以可能的问题？[1]古典史诗背后有一个人们仍生活于其中的信仰世界，它的内在精神不断积累，最后综合到某个匿名作者（一个复数性的作家）的伟大作品中。进入二十世纪，诗人们只能通过收集、连缀巨量的世界碎片来建构新的史诗，从效果看，它们暴露的往往是史诗的不可能性。毕晓普就曾说艾略特的《荒原》是一部关于“无能”的诗歌——不是诗歌象征的无能，而是事物本身的无能。[2]庞德在《诗章》中试图以并置法为世界赋予整体秩序，

[1] 参见黑格尔《美学》（第一卷），第246页；卢卡奇《小说理论》，《卢卡奇早期文选》，张亮、吴勇立译，第3—14页，南京大学出版社，2004年。

[2] 转引自詹姆斯·龙根巴赫《现代诗歌》，迈克尔·莱文森编《现代主义》，田智译，第166页，沈阳，辽宁教育出版社，2002年。

实际却更像是世界碎片的大全。[1]二十世纪后半叶，各地兴起的民族解放运动也催生出大批史诗，但其中最具影响力的诗人作品，如沃尔科特的《奥梅罗斯》，呈现的却是现实世界中历史、文化和语言的杂多性，而非创世神话的圣洁性。

如果说现代主义多少算是写出了“散文”时代的史诗的话，那么，革命文艺则试图将某种历史幻想直接转化为崭新的人类史诗，托洛茨基就曾畅想：

> 不仅是艺术和生产之间的那堵墙将倒塌，同时，艺术与自然之间的那堵墙也将倒塌。这并非如卢梭所言的那样，是指艺术对自然状态的靠拢，而恰恰相反，是指自然将更加“人工化”。山川和河流、田野和牧场、草原、森林和海岸当今的分布，无论如何不能说是最终的。……将来，它还将按照整个生产和艺术规划的设想在无比广阔的范围内进行。人将着手重新勘测山川河流，并将严肃地、不止一次地修正大自然。最终，他将改造地球，即便不是按照自己的样子，也是遵循自己的趣味。[2]

在这个巨大而崭新的、未来主义的时空体中，一切全新的

[1] 关于《诗章》，有人认为是对诗的破坏，有人则给出相反的意见，伯恩斯坦就说它实现了“一种非中心化的多元文化的写作成果”。查尔斯·伯恩斯坦《痛击法西斯主义》，《庞德诗选：比萨诗章》，黄运特译，张子清校订，第269、270页，桂林，漓江出版社，1998年。

[2] 托洛茨基《文学与革命》，刘文飞、王景生、季耶译，张捷校，第235页，北京，外国文学出版社，1992年。

事物被完美地造出。支撑这一构想的是一套源于十九世纪的历史哲学：一种绝对的历史观念源源不断地为它自身生产出现实内容，用米什莱的话说：历史首先要成为地理学。[1] 在托洛茨基描绘的那个世界里，劳作等同于艺术创造，想象力自身订立真实。这与其说是一种历史哲学，不如说是一种历史诗学。历史诗学为文学提供了根本动力，文学作为它的一个小小的分支，只需要将它的愿景铺展为文本内的具体地景即可。地理才是文本内部真正的充满激情的主体，而人只是“作为纯粹风景的大众”（柄谷行人语）。[2] 这也造就了某时期艺术对广阔以及广阔中的行动意志的精神执迷。王璞也曾在他的一篇研究“新民歌运动”的论文中指出，新民歌完成的正是德国早期浪漫派追求的那种“理性自身的神话学”，是绝对政治的直接实施，因此，它的失败既是历史和政治的，同时也应从历史诗学中寻找原因。[3]

虽然八十年代史诗反映出的文化认知，以及对世界的理解，都已经与上时代拉开距离；但从诗歌形态上看，两时代的文学精神似乎又表现出某种同构性。文化史诗中大量文化人类学意象的并置形成的超时空的广延性，语言如岩浆爆发般展现出巨

[1] 参见彼得·奥斯本《时间的政治——现代性与先锋》，王志宏译，第 30 页，北京，商务印书馆，2004 年。

[2] 柄谷行人《日本现代文学的起源》，赵京华译，第 22—23 页，北京，生活·读书·新知三联书店，2006 年。

[3] 王璞《“人国”与“人民共和国”：鲁迅的“心声”观与毛泽东的“新民歌”运动之间的政治诗学》（会议论文），上海大学、纽约大学合办“‘中国当代文学六十年’国际学术研讨会”（2009 年 6 月 13 日—15 日）。

大的行动力，当年就有人称其为新的“汉赋体”。[1]汉赋本身是一种包藏欲望的地理想象方式，[2]在五十到七十年代的诗歌中，赋体在如郭小川这样的诗人作品中曾经复兴。[3]“汉赋体”的命名，无意中说出了文化史诗的意识形态性；至于文化史诗中安置的“框架”和“造型”，更是对上时代历史－空间想象模式的无意识显露。尽管某些时候，因其内部出现的不协调的甚至紊乱的因素，“框架”和“造型”本身的形体事实上已经暴露出来。

在此背景下，辨析八十年代诗歌的浪漫主义或现代主义属性其实并无多大意义。八十年代文学所借助的资源是叠合在一起的：以美为最高价值的浪漫主义诗化哲学，被浪漫化解读的西方古典诗歌，现代主义中强调语言和形式本体的部分观念，这些观念又借助科学主义赋予自己一种客观的、普遍的美学面貌。所谓“框架”和“造型”，都可视为这种普遍之美的空间象征。以上这些理论共同凝结为八十年代文学中的纯粹审美观念。九十年代后，人们开始对纯粹审美观念的有效性问题展开反思，针对的正是上述那种框架性的浪漫想象方式，而非只是针对现代主义的纯文学和形式主义，尽管后者常被当作了替罪羊。

[1] 李振声《季节轮换：“第三代”诗叙论》，第 34 页，上海，复旦大学出版社，2008 年。

[2] 郑毓瑜《性别与家国：汉晋辞赋的楚骚论述》，第 71 页，上海三联书店，2006 年。

[3] 王敖《怎样给奔跑中的诗人们对表——关于诗歌史的问题与主义》，载《新诗评论》2008 年第 2 辑，第 44 页，北京大学出版社，2008 年。

二

八十年代史诗是宏大历史投下的阴影，是形式尚在但内里已空的废墟。废墟，作为对历史衰微象征，其形象曾反复出现在八十年代的先锋文学中。时代文化参照的改变使这一废墟显现出样貌，但更根本的原因在于，托洛茨基式的“不止一次地修正大自然”的思想本就包含着废墟的生成条件。梅洛－庞蒂曾说，托洛茨基的历史观（“不断革命论”）中隐藏着一个由“否定性”本身形成的神话：

> 不断革命的观念宣告，革命与其说是过去的一种结果，或是对其问题的一种当前超越，不如说是最遥远的未来在其每一时刻的迫近，换句话说，它宣告了历史的一种原初的滞后。……其结果是，这两种态度（指“清洗”和“缓和”这两种态度——引者注）中的每一种都成了另一种的简单的面具：人们以真理的名义无中生有地创造，人们几乎毫无顾忌地滥用暴力，因为这种暴力据说是铭刻在事物中的。[1]

“否定性”的神话试图以整一、纯净除去漫漶、不纯，并由此也不断地制造出后者，仿佛意识和语言的进化赶不上激烈而神秘的

[1] 莫里斯·梅洛－庞蒂《辩证法的历险》，第 101、105 页。关于托洛茨基的“不断革命”论，参见托洛茨基《“不断革命”论》，柴金如等译，北京，生活·读书·新知三联书店，1966 年。

“否定性”步伐，不断革命最终变成它所摧毁的且依然在摧毁的事物的无限堆砌。本雅明也曾在艺术的“寄喻”形象中洞察到艺术变迁的某种悖论：一个时代越是体现出坚定不移的艺术意志，它也就越有可能是一个艺术没落的时代。[1] 尽管本雅明的“寄喻”最终指向了历史神学（“救赎”），但它同样适用于解释世俗历史的精神困境。“寄喻”在对整体性的“象征”图像的扭转和曲解中，掀开了历史濒死的面容，“历史事件萎缩了，进入了展演之所”。[2] 其实，框架不就是一个“展演之所”吗？只是它越来越像一个空场，只有语言在那里扮演着各种角色喧闹地演出着。所以，海子把他的《太阳·弑》定性为“仪式剧”，非常恰当地道出了框架剧场的荒芜。

所以，无须追问“革命时代何以产生不了史诗？”因为它已经就是一种史诗了，且只能在它自身的想象力尚未耗尽时才能构想。有人总是试图在时过境迁后重新搭台演出，好像历史只是不小心错失了它真正的史诗，好像在原剧场还能重新拯救出一部尚未实现的史诗。这里的逻辑奇迹是：历史的施行不是历史的真实！殊不知，这一追问本身正是没落时代站在废墟上的人才能发出的一种追问。再说，革命为何一定要是史诗？是比

---

[1] “因为巴洛克与表现主义一样，与其说是一个真正有艺术实践的时期，不如说是一个体现坚定不移的艺术意志（Kunstwollen）的时期。所谓没落（Verfall）时代往往如此。艺术中最高的实在是卓尔不群、完整无缺的作品。然而，在这样的时代，作品的完满只有那些对前代亦步亦趋的模仿之作才有可能达到。”瓦尔特·本雅明《德意志悲苦剧的起源》，李双志、苏伟译，第 40 页，北京师范大学出版社，2013 年。

[2] 瓦尔特·本雅明《德意志悲苦剧的起源》，第 197、211、216 页。

喻的联系，还是历史的联系？人类写下的哪一部史诗曾经转写为成功的人间史诗？

梅洛－庞蒂说，革命是“历史的一种原初的滞后”。这意味着，史诗只能以幻象的形象显现历史（时间）的意志，而废墟则是它的最后一个静止不动的场景。海子的大诗和诗论中已多次出现幻象，比如“这就是像一根火柱立于黄昏之国，立于死亡灭绝的秋天，那火柱除了滚滚火光和火光的景象之外空无所有——这就是落日的景色，这就是众神的黄昏。这就是幻象。”[1]海子笔下的幻象，其背后仍有一个真理维度在支撑着，它是想象力与理性相脱节后心理的错乱和恐怖，是被压抑的历史欲望的变形回归。用不了多久，另一种烦闷的、紊乱的幻象就成了过渡期诗歌的主要的寄喻形象——

> 哦疲倦的火，未遂的火，隐身的火，
> 这一切几乎是假的。
> 我看见毁容之美的最后闪耀。
>
> （欧阳江河《最后的幻象》）

> ……而隐藏在
> 那九月山峦背后的又是什么？

[1] 海子《诗学：一份提纲》，《海子诗全编》，第 904 页。对海子“幻象”的讨论还可参见西渡《壮烈风景：骆一禾论、骆一禾海子比较论》，第 207—214 页，北京，中国社会出版社，2012 年。

使生命与远方相联，使这些
卑微的事物梦见远方的马匹
我们正被秋天的阴影所覆盖

（西川《幻像九章》）

除了梦幻，我的诗歌已不存在
有关天鹅也属于上一代人没有实现的梦想
我们日夜于语言之中寻找的并非天鹅的本质
它只是作为片断的华彩从我的梦中一晃而过

（戈麦《天鹅》）

阴影，以及，一架提琴的应许和沉默。
合唱队终于又得以收场，
配合这季节，在众花老去中低声度送了
热烈的丰收夜。

（陈东东《秋歌二十七首》）

我暗恋着不朽；并知道选择的奥秘
只涉及有和无，而同多和少无关
我承认我一生最大的过错在于
对青春，这唯一的知识，忍不住说过“再来一回”。

（臧棣《咏荆轲》）

从图像的尺度及其引发的情绪来看，幻象依然属于崇高的范畴，只是不再是上升的崇高，而是下降的事物带来的颓败的崇高。永恒的造型和框架坍塌了，它们的骨架终于显露出真相。卑微的事物也释放出微光，在那里，史诗中的盛大主体好像也终于变成了一个疑问。幻象是历史在半明半暗中浮现出的一副疲沓面容，唯其是幻象，就总是与灵魂有更隐秘的关联，也就仍然不是已经终结了的对象，它注定如影随形笼罩在人世的季节、语言、青春中。

幻象意味着史诗激情的消退，语言与存在、再现与真实，这些关系不再那么不证自明。“词与物”在此刻才真正成为了一个问题，欧阳江河诗中所说的“这一切几乎是假的”，戈麦诗中所说的“我的诗歌已不存在”，臧棣诗中所说的“有和无”与“多和少”的差异，这些都表明幻象正预示着诗歌的转变。海子是这一转变过程中不可或缺的人物，再或者，他的悲剧证实了某些更基本的教诲：历史连同它的前生后世，在阴影中所处的位置太低，它提供的生活材料和语言材料都支撑不起伟大而纯净的激情和意愿。戈麦在纪念海子的诗中说到了谬误，这谬误既是海子的，也是历史的。戈麦以一种充满悔悟的语气向这一切告别——

一切都源于谬误
而谬误是成就，是一场影响深远的幻景。

第二章

“词与物”的对峙与弃绝

“纯文学/纯诗”观念在九十年代受到众多批判。许多时候，这些批判中揭示出的“纯文学/纯诗”形象都更像一种虚构。这种虚构承担着某种文学史建构功能，即固化八十年代先锋文学，并将其判定为一种已失效的文学。更有甚者，将“纯文学/纯诗”直接等同于现代主义文学，连带地对多样态的现代主义也作了非历史化的批判。

“纯文学/纯诗”中的语言拜物思想是批判者攻击的重点。语言自主是八十年代先锋文学的共识之一，那也不过是文学恢复了它的一个本能而已。更内在地，它只是间接呼吁精神自由的一个口实，包括先锋派喊出的那些惊世骇俗的口号也应如此看待。语言问题绝不是导致八十年代文学失效的根本原因。在九十年代诗歌中，语言的症结在“词与物”的辩证中有最深刻的体现，只有少数研究者对此有过像样的回应。

九十年代诗歌确立了写作尺度的意识，对语言的领悟也与此前不同。比如，王家新在“翻译的政治”层面，书写了主体在历史中不断违逆、游走的旅程。再如，欧阳江河在其炫目的词语运作中，既带出了新异的语言体验，又演示了意识形态话语的生成机制。但是，诗中“词与物”的颠倒，也使语言卷入它内部的深渊：词语试图成为自然物，语言试图重复语言的起源。

在“词与物”的结构中内置着“谁在说话”的疑问，它最终会追问到语言的空白处。人确实难以站到语言的城外去观察语言，但语言的每一次运作，不必都象征着它的重新诞生，它只是文本爆发的一个微小事件。作为话语的一种形式，语言只能被放在更大的存在背景下审视。在多多诗中，语言回响着伦理的泛音；在柏桦诗中，语言反讽性地转化了“左派”感性。缺了这一维度，“谁在说话”的问题所反映的，不过是一种深重的意识症候。

第一节　纯文学/纯诗：方法，语义

一

“纯文学”概念很容易引出对文学的本质主义判断，九十年代以来，确有不少研究者试图揭破它的意义幻觉。比如，它的非功利审美本就属于一种意识形态，它早期的叛逆性随着它的不断被制度化而消磨殆尽，甚至成为一种陈腐力量。但仔细审视，这些批评的前提、方法和具体论点并非没有可商榷之处。

韦勒克曾针对文学史“时期概念”说：概念既非某种本质又非人为的语言标签，而是有其形成、发展和消亡过程的一套规范、程式和价值体系；它的意义在于“帮助我们理解一个时期的目标和这个时期作家的自我意识，但却不必束缚我们”。[1] 在韦勒克看来，“时期概念”既是一种言说文学历史的方法，又是一

[1] R. 韦勒克《文学史上象征主义的概念》《文学研究中现实主义的概念》，《文学思潮和文学运动的概念》，刘象愚译，第 254、217 页，北京，中国社会科学出版社，1989 年。

种历史地言说文学的方式，这一思路对我们理解“纯文学”的语义仍有启发意义。

首先，批判者可能删减了纯文学文本的多重意涵，因此也简化了纯文学与同时期文学的关系。文学“制度”这一表述本身暗示纯文学已沦为教条甚至社会权力的一环，这看似与比格尔在《先锋派理论》一书中的结论相同，实则相去甚远。比格尔说：

> 确实，自律艺术的体制在当时（指十八世纪末——引者注）已经得到了完全的发展，但在这个体制中，具有彻底的政治性的内容（指单个作品的内容——引者注）仍在起着作用，因此构成与体制的自律原则的制衡。对作为社会子系统的艺术进行自我批判只有在内容也失去它们的政治性质，以及艺术除了成为艺术之外其它什么也不是时，才是可能的。[1]

在比格尔笔下，自律艺术、现代主义、先锋派是分属不同历史时期的艺术现象，它们各自的取向和意义差别很大，甚至

[1] 彼得·比格尔《先锋派理论》，高建平译，第 93 页，北京，商务印书馆，2002 年。约亨·舒尔特－扎塞在该书英译序言中也说：“比格尔所谓‘艺术’的体制是一种典型的欧洲的和资产阶级的现象，只有在从 18 世纪到 20 世纪的资产阶级时期，艺术才构成了多种社会体制中的一种。在其他时期，艺术也许会成为某种社会体制的一部分，甚至是其主要的部分，但它本身不独立构成体制。”《先锋派理论》，第 45 页。

相互间还构成挑战关系，如先锋派就力图将艺术重新结合进生活以抗拒自律艺术对生活的疏离。

但是，这些概念在当代中国文学中常被混淆使用，其中艺术的“完全的发展”既不明了，也难以断言单个作品“彻底的政治性的内容”已消失，所谓纯文学已僵化甚至失败的论断显得相当武断。对此，应该追问的倒是另一些问题：九十年代以来何种思想危机促成了对纯文学的批判？哪些记忆中或现实中的文学典范比照出了纯文学而非别的文学的失败？参照比格尔所说的“艺术体制”（既指艺术内在的机制，也指某时期共享的“艺术思想”），[1]纯文学或现代主义确实已成为九十年代中国文学的主导机制了吗？它“除了成为艺术之外其他什么也不是”了吗？这意味着艺术民主的实现，还是艺术在现时代的异化？是一种文学教养的异化还是文学商品化的异化？现代主义的某些原理确实正被文化产业滥用着，但它不也一直培育着反抗异化的精神吗？再说，“全球化”是否真的抹除了此地与彼地的文化产业的差别？

其次，针对纯文学，意识形态批评方法有时也显出对该方式本身的曲解。这类批判显现了批评者对某些现实境况的急迫反映，但也忽略了它对文学形式的基本尊重。批评者经常引作支援的阿尔都塞就曾指明，只有凭借艺术在意识形态内部拉开

---

[1] 彼得·比格尔《先锋派理论》，第 88 页。

距离，我们才能“看到、觉察到（但不是认识）”后者的存在。[1]所谓拉开距离，正是文学形式运作的效果。而且，阿尔都塞的“意识形态”概念远非特定政治立场所能框定，其理论视域具有更开放的特征。那种将文学文本内全部意识的总和等同于意识形态，且又将其凝固为确定的政治立场的判断，是对该理论的巨大误解。

意识形态性只是文学的诸功效之一，退一步说，纯文学或现代主义曾经反叛的那部分现实在当下是否已变得微不足道？面对历史情境的变化，纯文学是否失去了调整和因应的能力？在指出纯文学的意识形态性时为何矢口不提非纯文学的意识形态性？换言之，如果文学中的“现实”只是人们基于特定“现实感”的一种赋形行为（阿尔都塞称为“想象性置换”），[2]那么又何以判定不同的现实感及其表达形式存在等级之分？

对韦勒克来说，概念能将过去和当前的意识状况带入相互指认的关系中，概念因此成为一种发问的起点。对于比格尔来说，真正的历史化研究是要把握对象与范畴的相联系的事实，由此形成的关于过去的知识，既不属于无前提条件的历史主义错觉，也不属于后来时代的知识产物。[3]与这些思路相反，九十

[1] 阿尔都塞《一封论艺术的信》，《马克思主义文艺理论研究》（第七卷），第375页，北京，文化艺术出版社，1986年。

[2] 阿尔都塞《意识形态和意识形态国家机器（研究笔记）》，陈越编《哲学与政治：阿尔都塞读本》，陈越译，第353页，长春，吉林人民出版社，2003年。

[3] 彼得·比格尔《先锋派理论》，第80、85页。

年代中国学者对纯文学的批判，忽略了自身包含的意识形态预设，且试图将一种活跃的文学写作终结为一个知识对象。批评者原本想重新激活文学的政治潜力，最后却表现出文学精神的保守性。

二

“纯诗”通常被认为是“纯文学”的极致范例，但其内涵同样因交织于复杂的思想语境而流动不息。作为最著名的“纯诗”倡导者，瓦莱里梦想通过探索“整个感觉领域”，在诗中建立一种音乐性的理想秩序，或者说，“纯诗”寄托着诗歌对理念的回忆。[1] 八十年代中国先锋诗人对这一概念的使用更具策略性，且混合着广泛的现代诗学观念。欧阳江河的“虚构”、柏桦的“自然的纯粹”、西川的“技艺”、陈东东的“语言之梦”，在这些概念的具体表述中，或多或少都再现了“纯诗”的幻象。[2] 纯诗的

[1] 保尔·瓦莱里《纯诗》,《瓦莱里散文选》，唐祖论、钱春绮译，第 299、313 页，天津，百花文艺出版社，2006 年。另参见马拉美：“我说：一朵花！……音乐般升起，美妙的理念本身，一切花束中缺失的那朵花。” 马拉美《诗的危机》,《新诗评论》2008 年第 2 辑，第 192 页，北京大学出版社，2008 年。

[2] 参见欧阳江河《对抗与对称：中国当代实验诗歌》，吴思敬编选《磁场与魔方——新潮诗论卷》，第 259—260 页，北京师范大学出版社，1993 年；柏桦《左边：毛泽东时代的抒情诗人》，第 83 页，香港，牛津大学出版社，2001 年；西川《答鲍夏兰、鲁索四问》,《大意如此》，第 245 页，长沙，湖南文艺出版社，1997 年；陈东东《只言片语来自写作》,《词的变奏》，第 86 页，上海，东方出版中心，1997 年。

边界远远超越了瓦莱里的设想，有时，其边界甚至大到足以囊括全体诗歌的地步，比如，八十年代末，唐晓渡在一篇带有总结性的文章中宣称，纯诗将成为诗的“客观规范和价值尺度”：

> 对纯诗的追求既不会妨碍诗人们在不同领域内对素材的占有和对不同创作方法的选择（既然它是“对语言支配下的整个感觉领域的探索”），也不应导致与现实（包括政治）无关的现象（我们的语言和感觉领域只能是现实的）；同样，它也不和诸如“非诗”成分的大量渗透和“反诗”的实验倾向根本牴牾。真正的纯诗，乃是那种无论在最传统或最“反传统”、最习以为常或最出人意表的情况下，都能体现出诗的尊严和魅力的活的诗歌因素。[1]

在此，瓦莱里“纯诗”所指向的“整个感觉领域”，被确立为诗歌感性学的基础，七十年代末以来的现代主义诗歌实践（朦胧诗、寻根诗和“第三代”诗歌）都可列入其中。这一论断在当年确有其强烈的针对性：政治曾在多大规模上禁锢文学，相应地，人们就能反向构想出多大规模的纯文学/纯诗领地。这也意味着纯诗的当代起源是不纯的，不自由的，它的价值只能大致确立在政治层面

[1] 唐晓渡《纯诗：虚妄与真实之间》，《唐晓渡诗学论集》，第 54、56—57 页，北京，中国社会科学出版社，2001 年。

上（对政治疏离“本身就充满民主的政治意味”[1]）。飘忽的“纯诗”概念与以它为标榜的写作实践关系并不大，它只是从一个侧面反映了当时话语交锋的状况，也预示了后来对它的一系列误用。

九十年代，“纯诗”逐渐分化出三重内涵。首先，在最狭义的意义上，它指称以语言和形式的自律原则为核心的诗歌写作，有时也直接称为“元诗”。其次，它被扩展为一个文学史概念，用来界定八十年代全部先锋诗歌的写作特质；它是九十年代后诸多领域展开的对“八十年代”结构化和历史化的努力之一。再次，在最广义的意义上，“纯诗”被构造为一个可统摄一切经验现实的巨幅语言空间，其宽泛性因袭了上述唐晓渡的思路。在概念使用中，这三重内涵通常交叠在一起，造成了语义的纷乱如陈超的一段话：

> 先锋诗歌的纯粹是发展中的，不断向未来打开的“纯粹”，对语言现在进行时的抉取、洞彻，正是其自我把握、自我确立的一个关键标志。先锋诗歌的“纯粹”，是当代全新经验加入并为起点的“纯粹”，是自由的想象和生存现象异质混成的复杂整体的生命空间，而不是文化闲人的话语遣兴及梦境漂流。[2]

[1] 唐晓渡《纯诗：虚妄与真实之间》，《唐晓渡诗学论集》，第 52 页。

[2] 陈超《先锋诗的困境和可能前景》，《打开诗的漂流瓶》，第 4 页，石家庄，河北教育出版社，2014 年。

矛盾的表述既反映出论者重新确定“纯粹”之限阈的意识，又瓦解了“纯粹”的效力。九十年代的论者对“纯诗”的含混视而不见，原因也许恰恰在于，在“纯诗”所锚定的诗的缺憾中，八十年代诗歌获得了一副最好辨认的面目。

直到二十一世纪初，在反思“纯文学”历史时，仍有论者深陷在概念混乱中。如李陀在《漫说“纯文学”》一文中，将“怎么写”“文学性”“不及物性”“现代主义”等概念直接关联于“纯文学”。他提出的具体案例只有九十年代部分女作家的“个人化写作”，但他依然断言，“就文学的‘主流’而言，‘纯文学’很像是一种‘魂’一样的东西，尽管它难以找到一个具体的物质性的躯壳，可它无处不在，支配着成千上百的作家的写作”。[1] 但是，当“纯文学/纯诗”变得无限近又无限远，无限大又无限小，无限“不及物”又无限“及物”之时，人们不禁要问：在这个虚无之地，文学到底躲在哪里？

三

张枣曾将当代诗歌的“纯诗”（“元诗”）追求准确地描述为“朝向语言风景的危险旅行”，不过，他的论题范围比别人更辽远：

---

[1] 李陀《漫说“纯文学”》，载《上海文学》2001 年第 3 期。

它最终导向身份危机：依照“词就是物”这样的信念固然可以保持一个西方意识上的纯写者姿态，并将语言当作终极现实，从而完成汉语诗歌对自律、虚构和现代性的追求。然而，这一过程可能带来如下逻辑后果：中国当代诗歌最多是一种迟到的用中文写作的西方后现代诗歌，……这也是对放弃自律和绝对暗喻的敦促，使诗的能指回到一个公约的系统中，从而断送梦寐以求的可辨认的现代性。不幸的是，断送了诗的现代性，也就断送了人对其处境和状况的当代觉悟，写作也就失去了合法。[1]

张枣绕开了中国文学内部的争论，将“纯诗”放在全球现代主义版图中，焦虑于文化身份的大问题。相比于八十年代的想象成分大于经验成分的世界认知，在九十年代“全球化”背景下，世界范围的诸多思想议题，似乎在中国现实中获得了更尖锐的表现形式。张枣的论述思路提醒我们，“全球化”的文学思想背景确实是思考九十年代诗歌的一个不可或缺的维度。张枣的论述大而化之，本质上只是将“词与物”的两端作了无限拉伸，一端是“汉语性”（词），一端是“寰球现代性”（物）。该问题本身的张力并不大，或者说，它只在一个短暂时期曾有论辩的价值。

[1] 张枣《朝向语言风景的危险旅行——当代中国诗歌的元诗结构和写者姿态》，陈超编《最新先锋诗论选》，第 471 页，石家庄，河北教育出版社，2003 年。

“全球化”视野下，有关现代主义批判的那一套知识，一度在本地引起错愕和醒悟。仍拿文学的“纯粹”问题来说，在罗兰·巴特看来，先锋美学的纯粹只是先锋派精神上的一种“多余的净化现象”，其功能就如为了保全一点点自由而接种了一剂精神疫苗，人们因公开了疾病的一小部分而显得更健康。[1] 类似罗兰·巴特这样的批评思路，在九十年代后的中国文学界日益响亮，他们不仅把中国诗人错认成了法国诗人，而且，他们的思维一直运作在“词”的层面——法国就是那个“词”，中国这个“物”却一直隐蔽着。

清醒者对纯诗的批判，不针对语言（文学）的自由，不针对语言技艺的修炼，也不针对现代主义本身，他们针对的是写作中语言无节制的自我行动的傲慢。九十年代众多诗人的论断，如臧棣说的“语言自身的行动”，欧阳江河说的“词的升华”，肖开愚说的“语言狂欢节”，都不同程度地包含了对该现象的反思。[2] 其中，耿占春称这种反思过程为“一场诗学与社会学的内心争论”，并借此深刻地揭示了纠缠当代文学的“幻象式的文化身份”的虚妄：

对“纯诗”的想象中并非没有包含着社会学批判的动机。

[1] 罗兰·巴特：《何种戏剧的先锋派？》，《文艺批评文集》，怀宇译，第 82 页，北京，中国人民大学出版社，2010 年。

[2] 臧棣《后朦胧诗：作为一种写作的诗歌》，《最新先锋诗论选》，第 421—423 页；欧阳江河《当代诗的升华及其限度》，《站在虚构这边》，第 18—24 页；肖开愚《90 年代诗歌：抱负、特征和资料》，《最新先锋诗论选》，第 336 页。

> 我们的幼稚之处也显而易见，我们把各种互相矛盾的文化镜像认作我们的真实身份："圣言"的倾听者，佯装的"反文化"、"反理性"的野性的思维，精神分析学意义上的病人与狂人的伪造的无意识，与真实的启蒙精神混合在一起，构成了我们的思想与写作中的语言炼金术。[1]

构成语言炼金术的这份思想名录还可加长，它们共同组成了早期现代思想的一个"大剧场"。[2]"大剧场"是当时"向内转"的文学精神的空间隐喻，其中，结构语言学的科学化诉求可以转换为未来主义式的艺术颠覆的力比多，维特根斯坦的"我语言的界限就是我世界的界限"可以被传诵为有关语言之谜的神秘咒语，海德格尔的"语言是存在的家园"中的存在维度被遗漏而过度凸显其浪漫神学的一面。语言的野心不止于它的书写价值，更在于它最后刻意触及的语言哲学的荣耀。语言内部聚合的虚无、黑暗和沉默的精神氛围，极轻易地导向对超验主体的冥想，从而成为一种新的使主体迷失的"纯粹"品性，这甚至也体现在为清除主体幻觉而寻求的那种非个人化言说方式中。[3]

但是，这仅仅是个语言学问题吗？早在七十年代初，多多

[1] 耿占春《一场诗学与社会学的内心争论》，《群岛上的谈话》，第 298 页，郑州，中原农民出版社，1999 年。

[2] 耿占春《一场诗学与社会学的内心争论》，《群岛上的谈话》，第 297 页。

[3] 耿占春《一场诗学与社会学的内心争论》，《群岛上的谈话》，第 305 页。

就在《青春》一诗中写道："在我疯狂地追逐过女人的那条街道上/今天，戴着白手套的工人/正在镇静地喷射杀虫剂……"净化是针对人的道德不洁而展开的一场声势浩大的思想卫生学工程，它最终会在人的精神中铸造出一种隐晦、贫乏、持久的暴力本性。即使社会整体的"纯粹"理想已变得松弛，它也依然顽固地积存在互相分立的各种思想区域内（特别是当某种思想贴合到权力结构中时）。对语言炼金术的重新审视如果不能激发我们对"我们是如何被历史和语言的蛮力所刻写的"这一问题的敏感，而仅仅在语言内部凝视主体自立或主体消弭的影像，我们就很难规避"纯粹"意志的诱惑，所以耿占春在文中提醒："只有当诗歌在其玄奥之处避开了纯粹的语言学的操练，而成为一个真正的问题时，它才能使我们感到将语言作为诗的主题与对象的必要性。"[1]

[1] 耿占春《一场诗学与社会学的内心争论》，《群岛上的谈话》，第 305—306 页。

第二节　在词语和自我的边境线上……

一

八十年代中期，当诗人们沉浸在语言和主体的自我解放的兴奋中时，王家新曾以诗来自“人与世界的相遇”的观点表达了自己的怀疑。[1] 八十年代末九十年代初，严酷的历史事件促使他在《瓦雷金诺叙事曲》《帕斯捷尔纳克》等诗中反省词与“事物的沉重”、词与缄默的更深刻的关系。在同时期的诗论中，针对纯诗的题材洁癖和非历史主义的问题，他提出在语言中“使存在成为一种诗的可能”，进而发展了他的“承担”诗学。[2] 在他当时的写作中，个人与历史的关系，写作作为一种信仰的可能性或不可能性的主题被持续关注，如写于 1990 年的《楼梯》：

[1] 王家新《人与世界的相遇》,《人与世界的相遇》，北京，文化艺术出版社，1989 年。

[2] 王家新《回答四十个问题》,《游动悬崖》，第 199 页，长沙，湖南文艺出版社，1997 年。另参见王家新《冯至与我们这一代人》，载《读书》1993 年第 6 期；《阐释之外：当代诗学的一种话语分析》,《没有英雄的诗》，北京，中国社会科学出版社，2002 年。

每次我
踏上这危险的楼梯，以缓慢的步子
盘旋，到达
并点亮灯

如同模仿一种仪式，再次回来
依然被这楼梯
在黑暗中领着
只是在门口不再掏出钥匙
而是举起手来

敲门
仿佛有谁正等着我
也许，在屋子里的
是一个多年前的自己
会把黑暗打开

“黑暗”是王家新九十年代诗歌的“词根”之一。神性消失后的世界黑夜，这一浪漫主义文学情结曾构成八十年代某些史诗写作的重要参照。在王家新这里，“黑暗”有时也被赋予了神圣性，但更经常地指示着人在历史中的存在困境。在《楼梯》中，许多细节都能唤起人们对特定历史情境的复杂记忆，甚至，“盘旋”的楼梯都像是对某种历史思维（螺旋）的隐喻。“仪式”则意味着，其形式本身就包含着一种可以反复回来“在黑暗中领着”我们的力量，一种如一把枪滑稽地叠印在一串钥匙之中的已然内化了的恐惧，直到“我”本身成为黑暗的载体。就此而言，《楼梯》讲述的是一个有关自我教诲的微型故事：向上的路不构成一部启示录，而是制度之梯对主体的持久塑形。

《楼梯》结尾时出现了“一个多年前的自己”，这个自我分离的形象，不仅频繁出现在那时期王家新的诗中，也构成他诗学立场转变的标志。他曾在文章《另一个人》中说：“写作并不意味着把某个固定不变的主体（作者）确定在文本中，恰恰相反，是为了让‘另一个’出现，或是创造一个写作者自身可以在其中消失的空间。”[1]在《游动悬崖》“自序”中，他进一步说明，从第三人称视角看自己，是“唯有在一种历史性的视野中才出现的人称转换，使得我们‘谈论自己’有了一种可能”。[2]历史性视野促使写作与文本外时空黏连，就如《楼梯》结尾时提示的，在两个时代的自己相互传唤的瞬间，打开黑暗的机会才有可能出现。

《楼梯》中带有犹疑意味的词语“只是”“仿佛”“也许”似乎也预言了“打开”的最终失败。如果扩大观察范围，我们会看到，从八十年代末开始，“另一个我”的意识也普遍出现在其他诗人

---

[1] 王家新《另一个人》，《对隐秘的热情》，第 18 页，太原，北岳文艺出版社，1997 年。

[2] 王家新《游动悬崖》“自序”，第 7 页，长沙，湖南文艺出版社，1997 年。

作品中。例如，戈麦不仅模仿博尔赫斯写了《戈麦自述》，而且他诗中的“幻象”本身就包含着自我疏离的结构；[1]欧阳江河构想出的理想诗人形象是，“我们每一个同时又是别的人、集体的人，就是出现在实验诗歌中的那个自称是人类性唯一的人，那个词语造成的、形象漂移、充满深渊魅力的狂想的人”；[2]西川认为，“我”的唯一性、完整性和可靠性是一种虚构，为此，他详细分解出“我”的不同层次内涵（“梦我”“经验我”“逻辑我”）；[3]陈东东也说，“‘另一个我’，是一个诗人的脸谱、居所和最终的骨灰瓮”；[4]肖开愚在诗中写过：“我穿过一个又一个房间/（房间一个又一个穿过我的身体/把我改变成大小不等的许多人）”（《一些事》）；张枣也有如下诗句：“我死掉了死——真的，死是什么？/死就像别的人死了一样。”（《德国士兵雪曼斯基的死刑》）

“另一个我”的意识，形成于九十年代诗歌观念的如下变化中：从对本质或实体的迷恋转向对建构的认同，从集体创造的

[1] 戈麦《戈麦自述》，西渡编《戈麦诗全编》，上海三联书店，1999年。博尔赫斯的《博尔赫斯和我》和他对惠特曼“三位一体”形象的阐述确实启发了部分中国当代诗人，戈麦、欧阳江河、王家新、西川都曾在文章中谈论过他的观点。兰波的“我要成为每一个人”也许是另一个影响源。

[2] 欧阳江河《对抗与对称：中国当代实验诗歌》，吴思敬编选《磁场与魔方——新潮诗论卷》，第261页。

[3] 西川《诗歌炼金术》，《水渍》，天津，百花文艺出版社，2001年；《写作处境与批评处境》，《大意如此》；《通过解放过去而解放未来》，《深浅——西川诗文录》，北京，中国和平出版社，2006年。

[4] 陈东东《在某一时刻练习被真正的演奏替代》，《明净的部分》，第252页，长沙，湖南文艺出版社，1997年。

冲动转向对文本制作的专注，从写作的“不及物性”到“及物性”的自觉，等等。尽管在理论思辨中，“另一个我”的位移仍可转化出一个复合的“我”，就如在“非个人化”中也能升腾起一个神性之“我”那样。但是，节制原则确实排除了文化史诗的以“人类性”为尺度提升出的自我幻觉，同时也对诗歌如何处理个人才能的问题提出了更高要求，它考验的是诗人“把主体的才能有效地嵌入一种正确的意识结构中的耐心”（臧棣语）。[1]

回到王家新这里，比如他的诗歌《伦敦随笔》，尽管它整体上保持着独白语调，但是一个叙事语法意义上的“你”的设置，使诗歌透露出流动不息的自我辩解和自我对话的声音。本维尼斯特在研究语言学中“我/你”人称的意义时说，人通过语言并在语言中确立为主体，正是由“我/你”在“话语时位”的具体情形决定的。[2] 换言之，“我/你”只维系在一份语言的临时协议中，话语一结束，关系就结束。“我/你”都没机会被本质化，而主体就诞生在这个临时性之中。在《伦敦随笔》中，暗中的对话性为叙事赋予了某种施事意味，而非经验的结晶。那个始终存在于叙述者言说氛围中的沉默的“你”，将叙述者衬托为一个“有疑问的人物”（耿占春对该诗叙述者的评价），[3]说到底，诗歌中“另一个

[1] 臧棣《后朦胧诗：作为一种写作的诗歌》，陈超编《最新先锋诗论选》，第434页。

[2] 埃米尔·本维尼斯特《普通语言学问题》，王东亮等译，第291—301页，北京，生活·读书·新知三联书店，2008年。

[3] 耿占春《没有故事的生活》，《群岛上的谈话》，第177页。

我”的出现，不就是为了将“我”塑造成一个可疑之人吗？

二

在王家新笔下，“黑暗”（变体有“铁”“墨”等）经常呈现出某种专名性的平庸和强悍，“黑暗”是词语所要承担的一种本质压力。例如：

在一个人的死亡中，远山开始发蓝
带着持久不化的雪冠；
阳光强烈，孩子们登上上学的巴士……
但是，在你睁眼看清这一切之前
你还必须忍受住
一阵词的黑暗。

（《布罗茨基之死》）

你写到雪，雪就要落下，
你迎接什么，什么就会到来。
这是滞留者的歌，一会儿就要响起，
这些是词，已充分吸收了降雪前的黑暗

（《孤堡札记》）

黑暗和明亮是词在自身显现过程中可逆的两面，词在黑暗内外旋转包含了词的意志的悖论：一方面，词是自治的，它本身就是人的现实处境；另一方面，词的自治也伴随着它的某种缺损，或者说词的深刻恰好在它的丧失中实现，如维特根斯坦的“哲学口吃”和策兰诗中破碎的语言形态。[1] 王家新在诗片断《词语》中写道：“我触到的是一个词，却有更多的石头，从那里滚落下来……”“如果策兰仍活着，他会宁愿再次回到那个战后的世界：在那里，生与死赤裸，而语言只剩下最后的一堵墙……”“墙”和“石头”，这是词作为原初物的神秘性的显露，也是词作为丰盈的容器的毁坏。语的自我颠覆最终会触及死亡主题，“从这词语间，又吹来死亡的风……”(《持续的到达》)。作为原初物的词与人类世界的永恒隔绝，这一意识造就了有关词的形而上学，也预示了主体的最终分裂。词的悖论无法通过对词的哲学思辨来解决，只有引入其他维度的概念才能摆脱它的自我循环。

当我们将观察的重点从“语言是什么？”转向“语言怎样？”时，语言与实在，语言与历史的关系，就会显出更积极的意义。这也是《伦敦随笔》的主题之一：地理旅行记的展开也是对语言如何建构、改写自我意识的反思。在阴冷的伦敦，“你”—— 一个行走在西区的中国人——

[1] 王家新《回答四十个问题》，《游动悬崖》，第 204—205 页。

透过玫瑰花园和查特莱夫人的白色寓所
猜测资产阶级隐蔽的魅力，
而在地下厨房的砍剁声中，却又想起
久已忘怀的《资本论》

旅行记编织出文化、记忆和现实相互干涉的话语场，在此过程，不但“西方正典”被重新境遇化，并借此获得某种语义解放的新形式，而且，历史也以一种索引的方式获得重新理解的可能。当把文学“互文”的方法转译为一种社会文化的解释方法时，语言机制广泛牵涉着的知识、身份和权力问题就被揭示出来：

接受另一种语言的改造，
在梦中做客神使鬼差，
每周一次的组织生活：包饺子。

带上一本卡夫卡的小说
在移民局里排长队，直到叫起你的号
这才想起一个重大问题：
怎样把自己从窗口翻译过去？

语言中焊接着的旧政治旧生活，正缠结在主人公眼下的英语语境中，就如“神”与“鬼”缠结在一句既陌生又熟悉的句子中。

“移民局”的“窗口”让人想起诗片断《词语》中的一句话：“在制服的再一次关怀下，在语言的边境与另一些更难克服的关头——我看到某一种诗歌，在迁徙着……”“窗口”不再是一个勾起幻想的诗歌意象，它只是生硬地展览着制度的森严和逃遁的狼狈。“怎样把自己从窗口翻译过去？”是对现代主体发出的既荒诞又锐利的追问。在此，翻译不只是一个语言学问题，更构成一种“翻译的政治”。正如斯皮瓦克解说的：翻译过程中，修辞内部激发出“静默的暴力”；它所产生的一切不协调，是那个既翻译着又被翻译着的主体以人的方式生存于世的条件。[1]

在《伦敦随笔》中，被翻译的“我”从译文到源文的回转，颠覆了人们试图在语言两端寻求本真性的幻觉。翻译在两端的脱节，不仅使文本内的歧义洞开，而且，“我”的被书写和被建构的程序也得以揭示。如果说诗中提到的卡夫卡、普拉斯、劳伦斯、《大教堂谋杀案》都隶属于八十年代所设想的纯文学谱系，那么，纯粹性在此也恢复了它的历史性特征。也即，纯文学的表现与再现发生了倒逆，“生活模仿艺术”的信条重新变成一种历史透视的方法。对于《伦敦随笔》的主人公来说，不正是借助卡夫卡小说的梦魇性的映衬，他的不断被历史暴力刻写、篡改的个人精神史才获得了更醒目的叙述吗？

在有关“翻译的政治”的论述中，人们容易陷入诸种本质主

[1] 伽亚特里·斯皮瓦克《翻译的政治》，许宝强、袁伟选编《语言与翻译的政治》，第 280 页，北京，中央编译出版社，2001 年。

义立场。柯雷在分析多多的诗歌时认为，多多诗歌因背离政治性与中国性而获得某种普遍性。柯雷的批判思路契合了宇文所安所描述的那种“世界诗歌”本质。宇文所安的文章包含许多深刻洞见，但也令人遗憾地忽略了“翻译的政治”的复杂性。首先，当他说“世界诗歌”因借重“可替换的字词”而最终成为欧美现代主义的翻版时，他忽略了在源文中，这些字词有更驳杂的起源和内涵，以及语言接受方时时展现出的灵活性。其次，当他说“世界诗歌”“写来就是为了不会在国际旅行中变质的”因而是“根本上可译的诗”时，他仅仅假定了翻译中语言的等值性，却忽略了翻译本身的不透明性。[1]宇文所安正确地指出了“世界诗歌”的非历史化本质，但他自己也落入了同样的陷阱。

王家新的文章《阐释之外——当代诗学的一种话语分析》是对柯雷的反驳，但同样可反驳宇文所安的观点。在文中，王家新不仅阐明了九十年代诗歌与中国语境的紧密关联，也揭示了“国际诗歌”的虚妄性：“所谓‘国际诗歌’是不存在的，那种抽象的非历史化写作也并不能获得它所期望的意义。前往与回返，离心力与向心力，普遍性与具体性，都与一种写作所依据的话语场的存在深刻相关。”[2]在多向度的迂回中，诗歌呈现出混浊的

---

[1] 宇文所安《什么是世界诗歌？》，最初发表于1990年，中译曾发表于《倾向》杂志1994年第1期；此处所引中译载《新诗评论》2006年第1辑，第117—128页，北京大学出版社，2006年。

[2] 王家新《阐释之外：当代诗学的一种话语分析》，《没有英雄的诗》，第92—93页。

意涵，而存在之张力就维系在其中。当然，诗歌本身构成了更深刻的反驳，在另一首诗《孤堡札记》中，诗人说，“为了杜甫你还必须是卡夫卡。”我们都知道那个著名的卡夫卡式困境：“不写之不可能、用德语写之不可能、用其他语言写之不可能。”[1]德勒兹和迦塔利将这一困境概括为：在自己的语言内部充当外国人。[2]在王家新的表述中，杜甫和卡夫卡都深嵌在那个“翻译”机制中，翻过或披挂上卡夫卡的多重“不可能”，一个诗人才可能走进母语的核心地带。就此而言，现代诗人就是一个永不停息地游走在语言边境线上的土地测量员。

三

王家新曾如此解释荷马史诗的典故“游动悬崖”：它是一条既在你之外又在你之内的未走之路，其形态如汉字“驿”所意味的“总是奔波、滞留，无助而又无望；总是来到终点发现它不过是个起点；总是在词中上路，又总是永无归宿；总是在本土与异乡之间，在个人与时代之间，甚至在生与死之间来回移动；总是在升起的诗歌陡坡前停下；总是……”。[3]“游动悬崖”和

[1] 卡夫卡《致马克斯·勃罗德》，叶廷芳选编《卡夫卡散文》，叶廷芳译，第 81 页，北京，人民文学出版社，2011 年。

[2] 吉尔·德勒兹、菲力克斯·迦塔利《卡夫卡——为弱势文学而作》，《什么是哲学？》，张祖建译，第 58 页，长沙，湖南文艺出版社，2007 年。

[3] 王家新《游动悬崖》“自序”，第 2 页。

“驿”，都是前述“翻译”行为的隐喻。同理，《伦敦随笔》开头处的“港口”，也是语言和主体的一个临界点——

> 离开伦敦两年了，雾渐渐消散
> 桅杆升起：大本钟摇曳着
> 在一个隔世的港口呈现……
> 犹如归来的奥德修斯在山上回望
> 你是否看清了风暴中的航程？
> 是否听见了那只在船后追逐的鸥鸟
> 仍在执意地与你为伴？

“港口”是语言和主体所处身的一个飘荡的界面，或许也是诗歌联结世界的一处最好的位置。在此，言说虽停滞，但古老诗歌自身开启的遥远回忆慢慢涌来，因此，“航程”也是文学性旅程的隐喻。不同于兰波的醉舟激荡于大海般的诗中，也不同于马拉美的帆影浮腾于纸页空白。在当代中国诗人笔下，词语的艰难航行通常与悲剧性的存在之维相对应。在《伦敦随笔》中，即便那种回忆的语调沉静而迷人，但是一只神秘的“鸥鸟”，就像从严酷的文化“翻译”机制中漏掉的一个旧词，不详地追随着你。再如，张枣在《跟茨维塔伊娃的对话》一诗中写道：“母语之舟撇弃在汪洋的边界，/登岸，我徒步在我之外，信箱/打开如特洛伊木马，空白之词/蜂涌……火中的一页纸咿呀，飒飒消失，/真相之魂夭逃——灰烬即历史。”张枣同样援用了荷马史诗的情节，这种援用，以及诗中的“空白之词”，都与文学或语言的纯粹性无关，相反，在一页纸燃成灰烬的过程中，历史渐渐呈现为一种宿命般的卷曲。

进入九十年代后，诗歌调用奥德修斯的形象或故事，一时成为潮流。有时，它帮助诗歌打开一个更大的想象空间；有时，它作为底部结构串联起诗中杂多的生活碎片；有时，它寄寓了诗人对自我形象的反思。更根本地，在经历了历史的中断（哪怕是表面的中断）之后，随后又体验了全球化的种种癫狂现实之后，诗人们也许对迷途中的奥德修斯的痛苦，最易产生共鸣。所有现时代的奥德修斯故事，都只能是对原作的反讽性重写。霍克海默和阿道尔诺就从它的原作中，剥离（阐释）出一部十九世纪形态的成长小说，这部小说始终绝望地在回忆着它作为童话的命运。[1] 在他两人笔下，奥德修斯的冒险之旅，是对“现代性”黑暗面的一种症候式反映。

九十年代中国诗歌中的“奥德修斯”，同样为观察历史中人的荒谬处境提供了一种别有意味的反讽视角。张曙光的《尤利西斯》一诗，起首句“这是个譬喻问题”，已为诗题拉开了反讽的距离。随后，通过场景错置和矮化事物，反讽的力量不断强化，直到我们不堪的日常生活彻底败落，“最终我们将从情人回到

[1] 马克斯·霍克海默、西奥多·阿道尔诺《启蒙辩证法：哲学断片》，曹卫东、渠敬东译，第 67 页，上海人民出版社，2006 年。

妻子/冰冷而贞洁，那带有道德气味的历史”。在诗中，荷马及其反讽者乔伊斯被并列在一个疑问句中，此诗因而构成了反讽的反讽。在王家新这里，奥德修斯的冒险之旅，被转喻为一个把自己从窗口翻译过去的滑稽故事。“翻译”在此本身深具反讽性——在语言两端，你谁都是，又谁都不是。在王家新的另一首诗《纪念》中，反讽几乎占据了核心主题的地位，而此次，奥德修斯更可疑地被放在一个括号中——

“不是在异邦学会了讥讽，是人到了
讥讽的年龄”。回忆如一支冗长的挽歌
在寻求与讽刺的平衡。
雀斑女孩又在轻晃着她的双腿
眼中发出了物理的蓝色（而不再是梦的）
随着耳机中那无以领略的节奏。
你想到了家乡，父亲的咳嗽传来，
你想起“祖国”，奥德修斯却在风暴中闪现
（而荷马是否应该修改那个虚假的
史诗的结尾？）你放下《泰晤士》
于是母语出现在泪眼中……

第三节　词的倒逆：半个和一个，多和少

一

八十年代末，欧阳江河讨论纯诗时试图以一个内涵更丰富的“真实”概念调节“现实”和“文本”的矛盾。[1] 进入九十年代，“词与物”逐渐成为他诗学的主要议题，也构成他诗歌写作的重要主题和语言动力。他的《关于市场经济的虚构笔记》《纸币、硬币》《感恩节》《雪》《时装店》等诗，充分展示了语言在“词与物”的相平衡或相违逆的关系中搅起的强大张力。以《那么，威尼斯呢》为例，“威尼斯”既是诗歌想象得以展开的一座现实中的城市，也是词需要反复穿越的一座文本之城——“被用来写而不是用来住的城市”。全诗开始于对旅途的描写：

　　考虑那样的变化：生命苦短

[1] 欧阳江河《对抗与对称：中国当代实验诗歌》，吴思敬编选《磁场与魔方——新潮诗论卷》，第 257—259 页。

不要那么仓促地离开威尼斯，
一个你正在去的地方。在火车上，
你睡过了头，看上去却像整夜没睡。
主要由挤压过的空气构成的睡眠，
气球般瘪了。醒，像浅色衬衣的领子
朝外翻着，比袖口还脏。一路上
到处是配钥匙的摊位，成都，锁着，
打开就是威尼斯：空也打开了。
整个威尼斯空在某处，词汇表，空了。

“配钥匙的摊位”也许只是梦中浮现的成都情景。“词汇表，空了”说明前述睡和醒、锁着和打开、威尼斯和成都的相互对照都是词的想象物，甚至火车的封闭性和它带出的远方想象也与此呼应：词即装载和游动。威尼斯是座常能激发艺术想象的城市，较近的例子如卡尔维诺的《看不见的城市》和布罗茨基的威尼斯题材的诗歌和散文。《看不见的城市》里每座城都内嵌着另一座虚幻之城，而所有城市又都投射着一座首要之城——威尼斯。马可·波罗的想象之旅，既追寻人在空间中的迷失体验，也在探问“未曾经历的过去”之谜。[1] 布罗茨基同样在威尼斯发现了有关时

[1] 伊塔洛·卡尔维诺《看不见的城市》，张密译，第87、26页，南京，译林出版社，2006年。

间的玄学和有关空间的“反命题”。[1] 由威尼斯引申出的正面与反面、多与少的悖反命题，既是人类幻想的快意游戏，又表达了在时空流变中寻获记忆和身份的渴望和疑虑，同时还涉及文学真实与再现的观念矛盾。威尼斯已是一座被多种符号注满的虚拟之城，这正是《那么，威尼斯呢》中“词汇表，空了”意指的一个方面。成都似乎是对威尼斯之空的充实，或者如欧阳江河所说，“成都”对于他是“一种尺度”，“它刚好能丈量出现实与虚拟现实、地理学意义上的国家与文本意义上的国家、词与物、声音与意义、一首诗中写出来的部分和未写出的部分之间的距离”。[2] 成都因其经验、形象和观念的差异性构成“威尼斯”的水中倒影，而诗歌想象力恰好诞生于两城（两词）的褶皱间，如诗的第 15 节：

半个，被一个充满之后，还是不到一。
为此，耐克鞋用尽两分法的力气，
也没走得比一双拖鞋远。去过威尼斯
又怎样？解放牌挂在二挡上，法拉利
如一记耳光般刮过。左脸那么大的中立国
把右脸也凑了过来。对着镜子里
那只有半边天的国庆日出神吧，拿吧，

[1] 约瑟夫·布罗茨基，所罗门·沃尔科夫《布罗茨基谈话录》，马海甸、刘文飞译，第 193 页，北京，东方出版社，2008 年。

[2] 欧阳江河《成都的雨，到了威尼斯还在下》，《站在虚构这边》，第 299 页。

这小日子的细软，这逗点，这多，

十二亿人的多。每个人都在拿，但不知

拿什么。而你的一半刚好是你的全部。

“半个”在数量和规模上的累加未必能组成完满的“一”，就如镜子内外的半张脸拼不出一张完整的脸，逗点相加不是句点，拿的动作也不能指涉所拿之物。“半个”和“一个”的词语游戏并非只是数理玄学，当它们引出“两分法”“二挡”“半边天”“十二亿人的多”的联想时，它们就变成具体的社会性的言语单位。“耐克鞋”和“拖鞋”、“解放牌”和“法拉利”的并置展示出现代性的奇异风景（本地“全球化”所遵循的风景并置法）。“半边天”在中国专称女性，但它的词性软化不了“国庆日”的坚硬，它们都属政治话语的构造。它们背后尚有“小日子的细软”这一世俗力量顽强运转，既绝望又欢欣，既违背又支撑着政治的硬。再如诗中其他句子：“本地报纸还没印出来/就已经有人在别处阅读它：真的衰老/踉跄得像是到处都跌落在地的眼镜，/加深了年轻人的近视？”“年老的查票员/没右手，但有两只左手：他的鞋/两只都穿在左边。”提喻修辞暴露了历史进步论的新魔法：本地的新是别处的旧，远景（不如说“衰老”的晚景）反过来塑造了提前的近视；右边太少于是就消耗它的虚空，左边太多于是就消耗它的滞重。“半个”的加倍和变形正是当代社会的一种话语生产技术，“现在一个逻各斯/变成两个逻各斯，圆圈变成了椭圆”(《纸币、硬币》)。所以，“这多，十二亿人的多”不是嘲讽庸常生活及其欲望，而是词语和句子频繁替换所显现的多，是对社会话语的增殖机制的戏谑摹写。诗中如“半个”这样的关键词始终处于一种历史语义学的考量范围，诗评家一行（在某个不同的论题内）也曾说，欧阳江河的词语研究具有“历史性回溯和返回现实事境的双向能力”。[1]

词语在“半个”和“一个”的圈套中循环，这也吻合欧阳江河的“反词”诗学立场。当代诗歌充满圣词，而启用对立性的“反词”同样也在重复着圣词思维。作为反驳，欧阳江河提出“不可公度的反词立场”，“将词的意义公设与词的不可识读性之间的紧张关系精心设计为一连串的语码替换、语义校正以及话语场所的转折，由此唤起词的字面意思、衍生歧义、修辞用法等对比性要素的相互交涉”。[2] 虽然词的“可公度”与“不可公度”的界限模糊不清，但词语间的繁复映衬和交涉确实形成了欧阳江河诗歌语言的主导风格。如《那么，威尼斯呢》中弥散的“空白”主题，从“词汇表，空了”开始，又在后面诗节中不断变幻、闪现：“酒瓶子，早空了，/但酒还在往外倒，保持着瓶子的形状/和易碎性”（第 7 节）；“一种透明的虚无性/如鸟笼般悬挂着，赋予现实以能见度”（第 8 节）；“快门/到处都在按下，你却有意不上胶卷”（第 9 节）；“而你把柠檬使劲往外挤，以为这样/能挤出些什么：

---

[1] 一行《对未知的迷恋》,《词的伦理》, 第 68 页，上海书店出版社，2007 年。

[2] 欧阳江河《当代诗的升华及其限度》,《站在虚构这边》, 第 25—26、40 页。

空白就这么挤了出来”（第 10 节）；“而那宝石般/迎风招展的水滴，竟被一只长嘴鸦嘬空了”（第 12 节）。从这些局部摘引可感知，“空白”的形象和语义嬗变，缀结出眩目的语言织体，其效果如同漫游在倒影憧憧的城市。真实和虚假，自我辨认和自我消失，都随词的漫溢而变动不居，词的踪迹挪用了水的玄学。

开掘词语自身的变幻的诗意是现代诗的一个传统。罗兰·巴特称之为“字词的爆发作用”，它们只保留词语关系的运动而非词语关系的真实性，“关系并未被压制，它们只是成为一些保留地带，成为关系自身的模仿物”。[1] 托多罗夫在分析兰波《灵光集》时也说，诗中信息“恰恰表明所指对象不可能识别，意义不可能读解；它是方式，而不是材料，确切地说是变成材料的方式”，因此兰波是一个“词汇诗人”。[2] 这些阐述有助于我们理解这一类型诗歌的构造原理，不过，九十年代中国诗人的词语炼金术并非只代表词语的神秘主义，词语关系依然是对人的生存境况的转录。在欧阳江河这里，“反词”立场具有某种文学政治的意味，“半个”和“一个”的词语翻转揭示了话语建构的奥秘，而词语变更之迅疾似乎也显现为一种打破话语控制的策略：必须走到词语变化的极致，必须变得比多更多。

---

[1] 罗兰·巴尔特《写作的零度》，李幼蒸译，第 30、31 页，北京，中国人民大学出版社，2008 年。

[2] 托多罗夫《〈文学概念〉及其他》，《巴赫金、对话理论及其他》，蒋子华、张萍译，第 133、143 页，天津，百花文艺出版社，2001 年。

二

词与物的重影效果可在“对称”这一诗学概念中获得更充分的解释。八十年代末以来，“对称”的诗歌意识逐渐出现在诸如欧阳江河、张枣、西川等诗人的写作中，它表达了诗人重新设想诗歌形象和位置的意向，即在维护写作独立性的同时，与社会话语建立更复杂的联系。不同诗人解释“对称”时侧重点不同，如西川的说法是，“文学并非生活的直接复述，而应在质地上得以与生活相对称、相较量”，这一目标决定了他的“从现在回到过去，以过去来映照现在，使现在和过去相互进入”的文化视野和“异质事物的互破”的诗歌手法，[1]试以西川《致敬》的一个片段为例：

让玫瑰纠正我们的错误，让雷霆对我们加以训斥！在漫漫旅途中，不能追问此行的终点。在飞蛾扑火的一刹那，要谈论永恒是不合时宜的，要寻找证据来证明一个人的白璧无瑕是困难的。

记忆：我的课本。

爱情：一件未了的心事。

---

[1] 西川《大意如此》“自序”，《大意如此》，第2页。

一个走进深山的人奇迹般地活着。他在冬天储存白菜，他在夏天制造冰。他说："无从感受的人是不真实的，连同他的祖籍和起居。"因此我们凑近桃花以磨炼嗅觉。面对桃花以及其他美丽的事物，不懂得脱帽致敬的人不是我们的同志。

但这不是我盼待的结果：灵魂，被闲置；词语，被敲诈。

诗歌教导了死者和下一代。

参照诗中其他诗句（如"在苦难的第七页书写着文明"）可推测，这里的"记忆"尤其意指某种文化记忆的承袭，即不同时代或不同系统的诗歌文化的相互对称。惟其如此，"诗歌教导了死者和下一代"不仅表达了对严酷的死亡事件的醒悟，也表达了沟通、发明诗歌先驱者和后来者的意识，就如博尔赫斯说的，每位作家都在创造自己的先驱者，从而改变了过去也改变了将来。[1] 西川诗中"异质事物的互破"是对诗歌和现实的双重反讽，这符合他九十年代持有的开放的语言观："这打开了语言大门的诗歌是人道的诗歌、容留的诗歌、不洁的诗歌，是偏离诗歌的诗歌"。[2] 西川诗歌展示出一个价值感纷乱时代的精神图景：理

[1] 博尔赫斯《卡夫卡及其先驱者》,《博尔赫斯文集·文论自述卷》，王永年译，第80页，海口，海南国际新闻出版中心，1996年。

[2] 西川《答鲍夏兰、鲁索四问》,《大意如此》，第246页。另参见《大意如此》"自序"。

性的荒谬，语言的沉默，灵魂和信仰的深渊，自我内部的“黑衣人”，梦境，狂喜……在某种佯装的外形下，他诗中的哲学幻想和论辩气息形成了一种特别的语言风格。尤其是诗中长句，有时模拟出经书的庄重文体和宣谕语调，有时又呈现出泥沙俱下的活力。西川诗歌的朴拙性也许得益于他所借重的诗歌中的“布莱克系统”。[1] 经过叶芝阐释的布莱克诗歌，就如经过艾略特阐释的邓恩诗歌那样，呈现出陌生的现代感；而布莱克的“天真与经验之歌”的对称，也为理解西川的“对称”概念提供了别种思路。

欧阳江河和张枣的“对称”源于他们对史蒂文斯（以及其他诗人）诗观的各有偏重的阐发。张枣在《跟茨维塔伊娃的对话》中写道，“诗，干着活儿，如手艺，其结果/是一件件静物，对称于人之境”。这意味着，诗造就独立的、想象性的新事物，因此，在与现实相平衡和相匹配的程度上，诗获得了自身成立的条件。[2] 欧阳江河的“对称”，更强调词与物的异质性以及词语

---

[1] 西川《答米娜问》，收入《深浅：西川诗文录》。

[2] 张枣的诗观与史蒂文斯的“一种美学的综合是一种现实”相符。华莱士·史蒂文斯《必要的天使》，《最高虚构笔记：史蒂文斯诗文集》，陈东飚、张枣译，第343页，上海，华东师范大学出版社，2009年。张枣后来更清晰地解释了史蒂文斯的诗学：“现实就是想象，世界不自外于诗歌，词就是物，写作就是生存”。张枣《“世界是一种力量，而不仅仅是存在”》，《最高虚构笔记：史蒂文斯诗文集》序，第4页。张枣曾在文章《朝向语言风景的危险旅行——中国当代诗歌的元诗结构和写者姿态》（收入《最新先锋诗论选》）和《访谈张枣》（载《飞地》2013年第3期）中批评元诗的“词就是物”的信念，这与他此处评述的史蒂文斯诗观存在差异。另，陈东东也曾表达过类似看法：“我愿意把诗歌想象成这样的魔口袋：当它向语言和生活敞开的时候，也是它将语言和生活翻转的时候——诗歌把语言和生活从散文状态翻转为诗歌——一种虚构。”陈东东《把真相愉快地伪装成幻象》，《只言片语来自写作》，第188页，北京大学出版社，2014年。

虚构的至高地位。他曾说："诗歌更多是对'关于痕迹的知识'说话，……我将'关于痕迹的知识'理解为马拉美意义上的'绝对知识'，它显示了人类的理性知识无法抵达的某种深不可测的空白。"[1]具体到《那么，威尼斯呢》，"成都"与"威尼斯"的对称首先确立的是词的分立的意志，并衍化为诗歌写作的一套神秘构词法；而当诗人过分热衷于辨识词与现实"如何在发生学的意义上保持接触"时，[2]词在联想中滑翔的激情淹没了词与生存的持久联系。

词与物的二分常使理论解释陷入困难，这问题早已超出文学表达范畴，而与现代主义的某种知识和意识的危机牵连甚广。其实，欧阳江河在《谁去谁留》一诗中即对此主题做出过反思——

黄昏，那小男孩躲在一株植物里
偷听昆虫的内脏。他实际听到的
是昆虫以外的世界：比如，机器的内脏。
落日在男孩脚下滚动有如卡车轮子，
男孩的父亲是卡车司机，
卡车卸空了

[1] 欧阳江河《〈谁去谁留〉自序》，《站在虚构这边》，第283—284页。"对称"概念较早出现在他的《对抗与对称：中国当代实验诗歌》一文。

[2] 欧阳江河《成都的雨，到了威尼斯还在下》，《站在虚构这边》，第298页。

停在旷野上。

父亲走到车外，被落日的一声不吭的美惊呆了。

他挂掉响个不停的行动电话，

对男孩说：天边滚动的样样事物都有嘴唇，

但它们只对物自身说话，

只在这些话上建立耳朵和词。

男孩为否定那耳朵而偷听了别的耳朵。

他实际上不在听，

却意外听到了一种完全不同的听法——

那男孩发明了自己身上的聋，

他成了飞翔的、幻想的聋子。

会不会在凡人的落日后面

另有一个众声喧哗的神迹世界？

会不会另有一个人在听，另有一个落日在沉没？

哦踉跄的天空

世界因没人接听的电话而异常安静。

机器和昆虫彼此没听见心跳，

植物也已连根拔起。

那小男孩的聋变成了风景，秩序，乡愁。

卡车开不动了，

父亲在埋头修理。

而母亲怀抱落日睡了一会，只是一会，

不知天之将黑，不知老之将至。

“男孩”在自身的“聋”里创制“神迹世界”，“神迹世界”因人类过于专注的听反而显得众声喧哗，人间反倒因听的匮乏而异常安静。甚至，事物之间因缺乏听的勾连正趋于崩解，这反过来又加剧了“男孩”对那个“神迹世界”的渴念（它是“风景，秩序，乡愁”）。诗中与“聋”（笼）相关的内脏、卸空的卡车、旷野、落日、无人接听的电话等词语和物象，都是语言在自身内部言说和倾听的隐喻。结尾时出现的“母亲”，在前文中无任何暗示（它也许暗示，内在的“聋”是一个无母的世界？）欧阳江河曾说：“从某种意义上讲，一个人的写作想有多自由就能有多自由，但是，真正有意义和有价值的写作肯定存在着限制。问题是，对于这限制是什么，在哪里，我们往往茫无所知。”[1]“母亲”也许就是这种“茫无所知”的象征，她形象的含混预示诗中的争议只能终结于世界的一派混沌，那也是词的最终或初始的荒凉的沉默。

三

词之虚无的主题贯穿在《那么，威尼斯呢》中，词越多，沉默的东西被遮蔽得就越多：“写，/从永恒这边看不过是纸张质

[1] 欧阳江河《〈站在虚构这边〉序》,《站在虚构这边》，第 11 页。

地的问题。/每个人都在发明他自己的威尼斯，/真的，真有一座被用来写而不是用来住/的城市，你对它着了迷。”马拉美在书页空白处仿佛看到了整体理念的复现；博尔赫斯却以“沙之书”隐喻了写作的虚空，这可视为对马拉美崇高理念的降格模仿。[1]同样，《谁去谁留》结尾的那种初始性沉默，以一种不了了之的幽默感，对“神迹世界”作了降格处理。也即，那混浊世界不是可以重新开始的地方，而是无物之地，就如一个可写的“威尼斯”只是词的一个蓄满了遗忘的器皿。诗的末节写道：

肉身过于迫切，写，未必能胜任腐朽
和不朽。诗歌，只做只有它能做的事。
字纸篓在二楼等你。电梯在升到顶楼之后
还在往上升：这叠韵的，奇想的高度，
汇总起来未免伤感。况且长日将尽，
起风了，门和窗子被刮得嘭嘭直响。
生命苦短，和水一起攀登吧：
遗忘是梯子，在星空下孤独地竖立着。
然而有时，记忆会恢复，会推倒那梯子，
让失魂遨游的人摔得粉身碎骨。

---

[1] 参见马拉美《诗的危机》，载《新诗评论》2008年第2辑，北京大学出版社，2008年；博尔赫斯《沙之书》，收入《博尔赫斯文集·小说卷》，王永年等译，海口，海南国际新闻出版中心，1996年。

诗歌不是不朽的载体，就如电梯和流水不是通往星空的道路，而只是人类限度的标刻。“遗忘”无论指向凡俗生活还是超验秩序，都无法借“记忆”获救，因为“记忆”是遗忘的最彻底形式——死亡。词语的编织既对抗遗忘又回归遗忘，词本身就是死亡的象征。欧阳江河在另一诗《雪》中写道：“雪的浪漫灵魂牵涉到光线变化。/哦雪，巴洛克风景的崇高闪烁，/肖像从肖像吹拂过去，词回到词。”“雪”映现出一种词语面相学：词与物的关联弱于词与自身图示的关系，词的物理表层及其变化成为写作对象，听和读的词成为看的词。“雪”是一个无物的符号，显现着极端的词语炼金术的激情和绝望。

词向物的转译凸显了词的造物性，这只是一种形式颠倒的形而上学。词的诞生是一个绝对事件，这确实是语言的可思考的维度之一，但最好仍将其维持在可思考的位置而非试图汲取、占据其意志——特别是对那些精神长久受各种创世性语言影响和败坏的文化而言。如果说诗歌真的是一种“关于痕迹的知识”的话，“痕迹”一词本身蕴含着寻访、挖掘和重述的语义内涵，其文化潜能远远超出词自身为物的范畴。当诗歌写作以“词的痕迹”替换“痕迹的知识”时，“痕迹”被迅速汇入同源词（其实也是词的物件化）机智的修辞运作中，[1] 词的丰盈生长为丰盈的枯

[1] 欧阳江河本不缺乏这方面的视野，如《1989 年后国内诗歌写作：本土气质、中年特征与知识分子身份》中对诗人作为“词语造成的亡灵”的体验和描述（《站在虚构这边》，第 90—91 页），但当陷入词与物的玄学时，其理论表述常常变得含混、矛盾。

燥。类似地，西川的《致敬》尽管包含着反讽意识，但历史提喻法使过去和现在处于非语境化的同一空间，在其中哲学悖论展示为自我辩驳的智识快乐，或者自身变成更高级的示真话语。

欧阳江河在解释张枣诗句“虚空少于一朵花”时认为，“少”换成“多”也不影响涵义，“它们可以互换和彼此逆行，反义词的直线在这里变成了同义词的圆弧”。[1] 这一描述同样适合于欧阳江河的语言风格。“多”与“少”的倒逆建造了一间词的回音室，词在其中自由回旋，但也过度耗损了词的能量。欧阳江河在《关于市场经济的虚构笔记》一诗中写道：“如果你把已经花掉的钱/再花一遍，就会变得比存进银行更多，/也更可靠。但是无论你挣多少钱，/数过一遍就变成了假的。”换个角度看，金钱的空转很像词由“反义词的直线”变为“同义词的圆弧”时经历的双重耗损。如布尔迪厄所言，这是一种“语言交换的经济”，实现了语言的双倍利润：“说的利润和通过说的方式来否定所说内容的利润。”[2]

词的世界有时候就像一座储藏工具的仓库，有时候仓库又大到能把全部世界交换回来。如果说在特定艺术范畴内，“少就是多”算得上一种价值标志的话，那么，万一“多就是少”呢？

---

[1] 欧阳江河《站在虚构这边》,《站在虚构这边》，第 141—142 页。

[2] 皮埃尔·布尔迪厄《言语意味着什么：语言交换的经济》，褚思真、刘晖译，第 146 页，北京，商务印书馆，2005 年。类似地，胡戈·弗里德里希在指出了马拉美的双重失败：“面对绝对时语言的失败”和“面对语言时绝对的失败”。胡戈·弗里德里希《现代诗歌的结构：19 世纪中期至 20 世纪中期的抒情诗》，李双志译，第 118 页，南京，译林出版社，2010 年。

第四节 “谁在说话”：“词与物”的语言学症候

一

在论述九十年代诗歌的变化时，论者广泛动用了西方理论资源，但因这些理论各自所处的文化背景有巨大差异，某些理论用到中国诗歌领域，显得空疏、生硬。针对诗歌这一特定体裁，另有一些概念可以更恰切地阐释文本层面的变化，比如周瓒论述的“写作”概念就是其中一例：“写作，体现了先锋诗人对于诗歌的文化身份、自我定位，乃至诗歌内部的风格意识、技巧观念和意义处理等等方面的认识观念的转移。这种转移相对于过去的写作行为而言，不是一种对传统和自身历史的隔绝，相反，这些观念的转移在很大程度上，是一次深刻的自我建构。”[1]“写作”替代了“创作”，八十年代诗歌中包含的浪漫诗学被快速推远，而现代主义的另一个传统逐渐占据上风。不过，在后来的使用的，“写作”

[1] 周瓒《透过诗歌写作的潜望镜》，第95页，北京，社会科学文献出版社，2007年。

很快变成一个中性的动作，它最初的功能被另一些词语替代，比如工艺性质的“制作”。“制作”的近义词还有“建造”“生产”“劳作”等，九十年代诗歌理论中的其他措辞如“秩序”“量度”“合成”“设计”等，其实多少也与“制作”观念相关。

王家新在文章《另一个人》中论述“语言的制作”时说，真正的作家愿意拆毁生命的房子以建造作品的房子，这也许正是为了“从外物中寻回自我”，“博尔赫斯之所以为博尔赫斯，正在于他能够把这种语言活动中的变异引向一种自觉的自我设计，把文学工作这种苦役转化为一种神话式写作。”这最终导向对“谁在说话”的追问：“这就启示我们：诗人还必须学会在说的同时去听，亦即使写作成为一种对‘谁在我们中间’或‘谁在我们的沉默中讲话’的体察、追问。”[1]“制作”是对九十年代诗歌限度意识的更具体定位，同时，也巧妙地保留了“纯诗”理念所激发的语言和形式的创造热情。但是，如果再往深探究，“制作”所关联着的自然与人工、言者与听者等关系，时时处于辩难中，其矛盾和紧张的程度，远非一套诗歌工艺所能化解。

西方哲学和艺术思想中的“制作”概念由来已久，[2]仅从二十世纪现代诗的范围来看，与此处论题最切近的也许是瓦莱里

---

[1] 王家新《另一个人》，《对隐秘的热情》，第14、17页。

[2] 参见吉奥乔·阿甘本《没有内容的人》，杜可柯译，第79—114页，内部参考，2015年；汉娜·阿伦特《人的境况》，王寅丽译，第105—136页，上海人民出版社，2009年。

的诗学（米沃什称他是“建筑学的仆人”[1]）。他欣赏的诗歌是：“它们以奇怪的方式排列起来，除了符合它们将为自己制造的需要之外不符合任何需要；它们永远只谈论不在场的事物，或者内心深刻感受到的事物；它们是奇怪的话语，似乎不是由说出它们的人，而是由另一个人写成的，似乎不是对聆听它们的人，而是对另一个人说的。总之，这是语言中的语言。”[2] 又说：“制造是第一个问题，也是最能显示人的特点的一个观念。……当我们无法从自己知道的东西中归纳出有关某种东西的制造的明确知识时，它们甚至会诱使我们假装不知道我们明明知道的东西……我们常常说走回知识的起源，就是这个意思。”[3]

柄谷行人在评论瓦莱里时曾说：“‘是谁制造的’这个问题，是一个‘制造’观点所必然要求的假问题，实际上它说明了作者的缺场。”为修补瓦莱里的逻辑空缺，柄谷行人为它填充了“自然”概念：“自然”尽管只能揭示在人造物中，但人造物又以其“过剩”的结构证明了自身就是“自然的制造物”。不过，柄谷行人更像是把语言中“谁在说话”的难题转嫁给了“自然”而已。[4]

---

[1] 米沃什《一次讲演》，收入《切·米沃什诗选》，张曙光译，石家庄，河北教育出版社，2002 年。

[2] 瓦莱里《诗与抽象思维》，《文艺杂谈》，段映虹译，第 287 页，天津，百花文艺出版社，2002 年。

[3] 瓦莱里《人与贝壳》，胡经之、张首映主编《西方二十世纪文论选》（第一卷），第 94—95 页，北京，中国社会科学出版社，1989 年。

[4] 柄谷行人《作为隐喻的建筑》，应杰译，第 20、20—23 页，北京，中央编译出版社，2011 年。

当“另一个人”被想象出来，或艺术制作被比拟为自然物时，“是谁制造的”就成了无法回避的提问。尽管瓦莱里并不否认语言的历史条件及其成分的混乱，[1]但他的“制作”理念确实不自觉地依赖语言的起源能力，齐奥朗就认为他给予语言的地位“属于神学的多过属于美学的”，博纳富瓦则称之为“死寂的信号创造着没有欲望的自由和创造者的全知全能的宁静”。[2]

福柯曾在一个更长的历史线上解释“谁在说话”的问题：尼采冒险进入这一问题内部，而马拉美（与瓦莱里属同一个诗学谱系）不停地试图从自己的语言中消失。语言思想的这一进程，连同现代知识型的其他变化，合力造就了有关“人”的知识，也塑造了“人”之终结的形象（“人将被抹去，如同大海边沙地上的一张脸”）。[3]必须说明，福柯的理论绝不是对“人”本身的否弃，正如他在《什么是作者？》中也并未取消“作者”本身，他只是通过话语类型学分析，转换了审视“人”和“作者”的思想方向。经此转向，人们与其再问“谁在说话”，不如去问“这种话语以何种形式存在？它曾在哪里使用过？它怎样才能流通和谁能将它据为己有？在它内部什么地方可接纳一个可能的主体？

[1] 参见瓦莱里《纯诗》，《瓦莱里散文选》，第305—306页。

[2] 埃·米·齐奥朗《瓦莱里面对他的偶像》，载《世界文学》2003年第4期；博纳富瓦《论瓦雷里》，《瓦雷里诗歌全集》，葛雷、梁栋译，第327页，北京，中国文学出版社，1996年。

[3] 福柯《词与物——人文科学考古学》，莫伟民译，第398—399、506页，上海三联书店，2001年。

谁能承担主体的这些变化不定的功能？”如此一来，“谁在说话又有什么关系呢？”[1]

正是凭借其方法在历史解释层面的巨大潜能，福柯避免了在语言内部思考主体之本质和真伪的问题。如果缺乏类似的思想进路，针对文本及其生产展开的理论思辨都将滑入逻辑自证的怪圈，瓦莱里和马拉美的诗学如此，罗兰·巴特的“作者之死”也不例外。巴特视文本为多种引证形成的“编织物”，从而拆解了作者神话，作者今后只能首先作为读者而存在。但是，他只是把文本的实现象征性地延迟、平移到了读者领地，目的变成了起因，但整个结构并未变。作者功能被分毫不差地赠予非历史、非人格化的读者（“读者是无历史、无生平、无心理的一个人”[2]），读者神话的光芒反射到作者留出的空位上。作者死后，文本将如何自处？后来，巴特在其自述中也反省道：“文本倾向于退化为喋喋不休的废话。”[3]

二

在语言内部探问“谁在说话”，发问者最终会陷入虚无。语

---

[1] 福科《什么是作者？》，王岳川、尚水编《后现代主义文化与美学》，第 305 页，北京大学出版社，1992 年。

[2] 罗兰·巴特《作者的死亡》，《罗兰·巴特随笔选》，怀宇译，第 307 页，天津，百花文艺出版社，1995 年。

[3] 罗兰·巴特《罗兰·巴特论罗兰·巴特》，刘森尧译，第 111 页，台北，麦田出版，2012 年。

言既是沉默的深渊，又是克服沉默的工具，操持语言的人因此也为自己塑造出一副双面神的形象：一面是以缺席形式出现的初始命名者，一面是隐匿于语言黑暗中的“非我”。只有跳出该结构，人们才能更切实地谈论语言。

话语理论确实为我们提供了一种破解语言神学的思路。话语理论的一个重要功绩是，它确实为语言赋予了事件性，但又从不在原初起源的意义上看待这个事件性。对福柯而言，语言事件意味着语言与社会其他精神形构的相互干预和转化；对本维尼斯特而言，语言事件意味着一个说话者与受话者同时出场的临时性“话语时位”。[1] 正是在一个话语场中，有关我们的存在困境——那些常以扭曲的或禁忌的话语形式呈现的困境——才获得进一步解释的可能。

后期维特根斯坦说：“我们的语言可以被看作是一座老城，错综的小巷和广场，新旧房舍，以及在不同时期增建改建过的房舍。这座老城四周是一个个新城区，街道笔直规划，房舍整齐划一。”[2] 语言是对称于生活世界的一个独特构造，是规划与逾越、过去与现在之间变幻不定的游戏，显示着被语言所把握的历史时间的深广度。语言活动是对时间留在语言中的痕迹的不断辨识和挖掘，是阿甘本所说的那种语言的“回声”。“回声”并

[1] 福柯《话语的秩序》，许宝强、袁伟选编《语言与翻译的政治》，第 21—23 页；埃米尔·本维尼斯特《普通语言学问题》，第 158—169 页。

[2] 维特根斯坦《哲学研究》，陈嘉映译，第 10 页，上海人民出版社，2005 年。

不将人带回到语言起源处，相反，纯粹语言是与其历史同一的，“这里语言作为一个自主的范畴消失了；我们不可能从中提炼出任何独特的意象，也不可能把它囚禁在任何写作之中。”[1] 所以，当人们说“不是诗人在写而是语言自身在写”时，最好别把它理解为语言创世行动的重启，而只是语言再次汇入了它漫长的“回声”之链。

语言不是幽闭的容器，无法以其本性担保自身真理的完满性。多多曾在《只允许》一诗中反思之，并为词语（字）注入某种感觉和精神的强度：“每一个字，是一只撞碎头的鸟/大海，从一只跌破的瓦罐中继续溢出……”他在《依旧是》中写道：

是来自记忆的雪，增加了记忆的重量
是雪欠下的，这时雪来覆盖
是雪翻过了那一页

翻过了，而依旧是

冬日的麦地和墓地已经接在一起
四棵凄凉的树就种在这里
昔日的光涌进了诉说，在话语以外崩裂

---

[1] 阿甘本《语言与历史——本雅明思想中的语言和历史范畴》，《潜能》，王立秋、严和来译，第 51、52 页，桂林，漓江出版社，2014 年。

崩裂，而依旧是

你父亲用你母亲的死做他的天空
用他的死做你母亲的墓碑
你父亲的骨头从高高的山冈上走下

而依旧是

每一粒星星都在经历此生此世
埋在后园的每一块碎玻璃都在说话
为了一个不会再见的理由，说

依旧是，依旧是

经过“依旧是”的中转，诗的语义和声音呈现出回环往复的效果：词句彼此脱离、违逆，又始终汇入一个肯定的声音中。“依旧是”似乎驱使着语言自动书写，但诗歌从一开始就将词编入尘世记忆的脉络：“走在词间，麦田间，走在/减价的皮鞋间，走到词/望到家乡的时刻，而依旧是……”词是身体的经历，返乡即返回语言的允诺。词也是失去的时光被重新照亮的时辰；当然，那不是语言的初始之光，而是受“昔日”和“依旧”限定，处于时间下游或寄托于琐碎事物的，沉默地诉说的目光。“依旧是”并不在交换的意义上连接事物，而是如栈桥一般连接起一个远比人类语言广博的万物言说的世界。（关于多多九十年代的写作，参见书末附文。）

《依旧是》中，又是谁在说话？独白和目光中的伦理意味又是如何制作出的？希尼曾在《舌头的管辖》一文中，把毕晓普缄默的、反对自我膨胀的个性赞美为一种“风度”：“风度强调得体（就这个词原初的意义而言），这意味着它是内在的和独有的，并且天生地属于那个人或物。风度还意味着某种严谨，并容许‘须’、‘应’这些词发挥作用。简言之，作为诗歌事业的一种特性，风度给这个事业本身的整个范围的音高设限。风度要管辖舌头。”[1]最终，是风度造就了诗的成熟的节制，也造就了诗的成熟的伦理。而成熟，与其说是诗人在制作中进化出的结果，不如说是一种天赋。

三

“制作”对写作的累积性和耐久性的工作属性的认同，确实有别于八十年代的诗歌认知。针对此前的乌托邦思想和大我预设，“制作”表达了一种更明确的“舌头的管辖”的意识。（虽然“制作”的取向也可能对写作造成新的抑制，如诗可能变得冷

[1] 西默斯·希尼《舌头的管辖》，《希尼诗文集》，吴德安等译，第244页，北京，作家出版社，2001年。

漠。）这也是二十世纪后期众多作家和诗人秉持的态度。卡尔维诺的《看不见的城市》中，那座空白的中心城市实际上反驳了莫尔的乌托邦首都形象，[1]而书的结尾处叙述者也告诫世界："公正之城的种子里埋藏着一颗毒种：认定自己公正并比那些自称公正的人更为公正的自信和骄傲。"[2]在今天，诗人作为道德上或语言上的"立法者"的身份已结束，奥登就曾说，这样的立法者"是秘密警察，而不是诗人"。[3]

九十年代诗歌对反讽的强调，正与此思想相契合。肖开愚说："反讽不仅仅是一个写作技巧，它代表的是自我探索的勇气，它讽刺的矛尖投向投手自身：诗人的弱点、诗人珍爱的写作及其作品精美的容貌。有时它真的让你自身蒙受羞辱。坦率地讲，90 年代也没有几个诗人诗里出现反讽，他们的及物写作其作品语境的流向是单向的，从里向外，从'我'向他人。"[4]在肖开愚这里，反讽不仅仅是一种修辞手段，而更像希尼所说的"风度"。有时，风度能激发出殊异的个人风格，这风格甚至有能力反讽性地消化一种迷狂的历史风格。柏桦九十年代初写过一首诗《生活》：

---

[1] 参见潘望《卡尔维诺与乌力波》,《乌力波》，第 27 页，北京，新世界出版社，2011 年。

[2] 卡尔维诺《看不见的城市》，第 164 页。

[3] 奥登《论写作》，潞潞主编《准则与尺度：外国著名诗人文论》，第 309 页，北京出版社，2003 年。

[4] 肖开愚《90 年代诗歌：抱负、特征和资料》,《最新先锋诗论选》，第 337 页。

生活，你多么宽广，像道路
带着政权的气味赶往远方

远方，各族人民在歌唱
大嘴唇、尖声音加上蓝天和广场

广场呀，生长着漫长而颓唐的农业
饕餮或饥饿在四季里徬徨

一切皆遥远，一切皆无关
热情的自身，死的自身，生活的自身

像一个小孤儿独坐大地
像缺乏营养的云，像啊……

像生活，干脆就剥竹、毁稻、杀猪
像生活，干脆就在睡眠中，在睡眠中清账

失去了语用环境的零散物（词语），无因由的暴烈动词，词语不断迸发却缺乏真正的命名能力，这一切都预示了原有的象征系统的崩毁。柏桦此类诗歌的语调、情绪和意象，似乎都接近于激进“左派”的表达传统。他在《左边：毛泽东时代的抒情诗人》一书中也描述了八十年代诗歌运动的“左派”气息。[1]但确切地说，柏桦的诗是在风格层面对“左派”感性的重新发明和反讽模仿，是对某种“表面的深度”的巧妙利用：各种冲突性体验的相互投射（革命的狂热与情欲幻想、意志的升华与颓废），语言中表露的惊诧和疲惫。最终，柏桦通过夸大“左派”风格从而摆脱了它的控制。[2]

本雅明曾将魏玛时期某左派群体的写作讽刺为“左派忧郁症”——他们的写作将革命意愿转化为消费对象。[3]把“消费”改成“破坏”，更符合柏桦诗歌的效果。如果从精神心理学层面理解忧郁症，[4]或许能更充分地揭示柏桦诗中“左派”情绪的精神原理：它不是历史怀旧意义上的忧郁，而是忧郁与忧郁之欣快的奇异循环，是面对激进“左派”所构想的浩大而空旷的时空体时意志的灼热和孤独，是语言试图对丧失物的最后美化及其挫折。

八十年代末九十年代初，众多诗歌将主题聚焦在“幻象”上，如欧阳江河的《最后的幻象》、西川的《幻像九章》、郑单衣的《夏天的翅膀》、宋琳的《死亡与赞美》、陈东东的《秋歌二十七首》、

---

[1] 参见柏桦《左边：毛泽东时代的抒情诗人》，第12—19、35—37页。

[2] 柏桦诗的这些特质，在他八十年代诗中有更充分的表现，本文受选题范围限制，未引用。

[3] 本雅明《左派忧郁症——评埃里希·克斯特纳的新诗集》，该文部分文字移用到他的另一篇文章《作为生产者的作者》中。参见本雅明《作为生产者的作者》，王炳钧、陈永国、郭军、蒋洪生译，第22—24页，郑州，河南大学出版社，2014年。另参见温迪·布朗《抵制左派忧郁》，收入汪民安、郭晓彦主编《生产》第8辑，南京，江苏人民出版社，2013年。

[4] 参见西格蒙德·弗洛伊德《哀悼与忧郁症》，收入《生产》第8辑。

戈麦短诗中的“黄昏”和“远景”，等等。这些诗中呈现出的语言与经验无法对应的虚空，既记录了时代突变对诗人精神世界的巨大冲击，从更长的文学时段看，它也意味着总体艺术的崇高戏剧的落幕。柏桦诗中的“孤儿”，就诞生于他在一堆废弃物中带着悔悟认出自己的那一刻。只是，他未必是什么“资产阶级个人”，而是一个虽走过“革命”和“启蒙”年代，却仍未长大，既失落了过去又失落了未来的历史零余者。“像生活，干脆就在睡眠中，在睡眠中清账”，这其中的混沌、悬空的生命状况，不如说只是断言了“清账”的不可能。忧郁蕴藏的反讽力量始终将主体维系在欲望与压抑、表达与遗忘的紧张和尖锐中。忧郁赋予柏桦诗歌某种含混的主体意识和新奇的感知经验，并使其诗歌趣味最终超越了“左派”的表征。拒绝以“在睡眠中清账”的方式使人提前成为自己生活的丧失物，这多像是对写作本性的一种祝福。

四

诗人对“谁在说话”问题的执迷，使词语再度卷入深渊，这已不属经验范畴而属形而上学，戏仿柏桦的一句诗：这是症候，不是症候的修辞学。[1] 上面说到的“风度”或反讽都提醒我们，“词与物”同时也是一个语言与历史在无意识中相勾连的构造；在“词与物”互相隐瞒、僭越时，写作尚保有一个自反的空隙。

[1] 柏桦《现实》一诗的句子：“这是温和，不是温和的修辞学”。

在这个空隙，写作让沉默的词发出声音，让词讽刺和报复作者，也讽刺和报复使它沉默的力量。[1]

但是，语言依然难以穿越那片无意识地带，真实的历史通常被“制作”成别的样子。设想绝对物也许是人的一种本能，甚至是人的本能的怪癖。故此，反抗者可能不自觉地倒回他所反抗的圈中，“悲剧”的历史可能重现为“笑剧”的历史，舌头也倒过来管辖着风度。

唐晓渡曾指出，新诗在其现代性历程中，呈现出强烈的“新纪元意识”，并最终导致诗人主体意志的倒逆：自我的无限扩张倒逆为自我消失在神圣权力中。[2] 唐晓渡的这一判断虽不能描述新诗现代性的复杂面，但他指出的那种宏大意志，确实依旧盘踞在许多人的意识中，前面已示例的重构语言开端的欲望是一例。又如，在九十年代末的诗歌论战中，某些诗人也表达出激进的返回语言或精神的绝对根基（“元隐喻”“民间”）的渴望。[3] 再如，某些批评家在批判现代主义文学时，刻意地把它描画成一个本质的、僵化的对象，继而通过专断地划分文学中现实感的等级，以此在文

[1] 肖开愚说：“让沉默多时的词发出声音，作品中容易出现对写作者的讽刺和报复。”肖开愚《南方诗——普通的观察、揣测和随想》，第 208、203 页，载《花城》1997 年第 5 期。

[2] 唐晓渡《时间神话的终结》《五四新诗的现代性问题》，收入《唐晓渡诗学论集》，北京，中国社会科学出版社，2001 年。

[3] 关于九十年代末的诗歌论争，参见王家新、孙文波编《中国诗歌：九十年代备忘录》，北京，人民文学出版社，2000 年；杨克主编《1999 中国新诗年鉴》，广州出版社，2000 年。

学阐释领域占据一个至高位置。在批评中，他们经常援引“大众”之名作为自己立论的道德支持。精英的，抑或大众的？这是“谁在说话”的问题在更长时段文学史中展开时落入的又一个精神困局。

“新纪元意识”不独显现在文学中，也充塞在更深广的社会时空中。套用福柯在《什么是作者？》中的发问方式对它做出质询，也许有助于我们估量它作为一种话语的韧性：“新纪元意识”为何以及以何形式在中国当代思想中存在？它曾经和正在变形地出现于话语的哪些区域？以何形式流通？谁将它据为己有？它塑造出怎样的主体？在何种维度上它扭曲地象征了人对自由的向往，何种维度上它只反映出对绝对权力的崇拜？……

“词与物”的再现关系中充满了各种陈规，无论它们以旧面貌还是以新面貌显现，透射出的都是绝对思想的贫乏、偏见乃至暴力性。直到今天，或许还是只有阿多诺那一类思路能为文学提供一点微茫的希望：“通过宣泄被压抑的东西，艺术将压制性原则——即尚未挽救的世界状况（Unheil——灾难）——予以内在化，而不只是摆出徒劳的抗议架势。艺术识别和表现这种状况，从而预想克服这种状况。正是这一点，而非对这种未挽救状态的照相机般的复现或那种虚假的幸福感，奠定了真实的现代艺术趋向阴暗的客观性的地位。其余一切则是毫无价值的故作多情。”[1]

---

[1] 阿多诺《美学理论》，王柯平译，第 34 页，成都，四川人民出版社，1998 年。

第三章

“叙事”中的历史与记忆

“叙事”是九十年代诗歌的一个主导性的诗学观念，它不同于此前以意象为中心的写作方法，也不同于早就存在的小说化的诗歌叙事方法。九十年代的诗歌叙事，大量引入个人经验和个人记忆层面的素材，为诗歌提供了描写、判断和分析生活的手段。

臧棣通过他的语言魔术，在叙事中不断探测着也扩大着生活之微妙。与此同时，每一次叙事历险，也都是诗歌潜能的一次精彩展示。他的叙事范围异常开阔，现实和历史，词语和表现，都在轻盈地飞跃，都在互相比喻着对方；甚至一首描写个人成长的诗，也可以读作一首历史诗。在肖开愚诗中，那些从现实中涌现的新经验，潜藏着过往的社会历史信息，诗歌不断从现实闪回到历史中，在语言的戏谑和反讽中，在城市与身体的记忆之痛中，将历史试图抛散的信息碎片重新缀结在当代生活的褶皱中。

“叙事”虽然受到一些诗人和批评家的质疑，但如果放在整个现代主义诗歌史上探讨，它的意义和功能就会获得不同的解释方向。叙事是叙事的破碎，破碎也许是叙事在当下唯一可能的形式。它与其说揭示了叙事的无力，不如说通过无力恰好展示了现代性之痛。对当代中国诗人来说，叙事与社会思想的演变有内在关联，它意味着总体性革命叙事的结束和一个碎片时代的到来。碎片又怎么样？米沃什和本雅明对碎片赋予希望：过去的瞬间可以成为新的政治想象的爆破点。有关历史叙事的争论再多再激烈，文学对人的书写都永远正当，且永远跑在历史哲学前面。历史可以被随意涂抹，哲学也可以打磨成刀刃，文学也未必时时能写出什么奇异。但优秀的文学尊重作为“特殊物”的人，在九十年代相关争论中变得日渐干枯的那个人，可以有尊严地根植在文学中。

第一节　叙事：两个面相

一

谈论九十年代诗歌，叙事是一个绕不开的问题。在八十年代先锋诗歌中，叙事的成分也并不少见，但奇怪的是，直到九十年代人们好像才意识到了它的存在，一个原本陈旧的体裁概念突然变得显赫起来。之所以如此，仍要回到八十年代诗歌寻找原因。从朦胧诗开始的八十年代诗歌，其基本构造单位仍然是意象，随便举几个例子："卑鄙是卑鄙者的通行证，/高尚是高尚者的墓志铭。/看吧，在镀金的天空中，/飘满了死者弯曲的倒影"（北岛《回答》）；"在你的胸前/我已变成会唱歌的鸢尾花/你呼吸的轻风吹动我/在一片叮当响的月光下"（舒婷《会唱歌的鸢尾花》）；"黑夜给了我黑色的眼睛/我却用它寻找光明"（顾城《一代人》）；"我常常想/生活应该有一个支点/这支点/是一座纪念碑"（江河《纪念碑》）；"高原如猛虎，焚烧于激流暴跳的万物的海滨/哦，只有光，落日浑圆地向你们泛滥，大地悬挂在空中”（杨炼《诺日朗》）。

每首诗，每一个句段，甚至每个句子，都围绕一个或几个核心意象展开。意象既是一个视觉单位，更是一个意义单位。它就像一个个网结，尽管中间要由叙述句连接，也需要如语气、韵律、结构等技术的支撑，但内容、思维和意义仍会环绕在意象周围。往远处说，意象本来就是中国传统诗歌最重要的构成要素之一；往近处说，五十到七十年代，意象依然是诗歌之美的标志，即使当年足够另类的知青诗歌，除一两个罕见天才的几首诗外，也都充满了或新鲜或陈腐的意象。八十年代诗歌并未减少对意象的依赖，尽管对意象的选择和想象更个人化、更自由。意象不是判断诗歌优劣的标准，但随着生活内容和文学参照的日趋多样化，多从文本中传承而来的意象不足以再表达这些新内容和新感知。

“第三代诗人”对朦胧诗的最大突破就在于此。他们的诗中除了有耀眼的意象外，还增多了对日常生活和虚构性故事的叙述，产生了一批在当年影响巨大的作品，如《有关大雁塔》（韩东）、《尚义街六号》（于坚）、《撒哈拉沙漠上的三张纸牌》（杨黎）、《中文系》（李亚伟）、《家语》（宋渠、宋炜）、《镜中》（张枣）、《在清朝》（柏桦）、《1965年》（张曙光）、《父亲和我》（吕德安），等等。选取其中两首诗的片段为例——

尚义街六号

法国式的黄房子
老吴的裤子晾在二楼
喊一声　胯下就钻出戴眼镜的脑袋
隔壁的大厕所
天天清早排着长队
我们往往在黄昏光临

（于坚《尚义街六号》）

一张是红桃 K
另外两张
反扣在沙漠上
看不出是什么
三张纸牌都很新
它们的间隔并不算远
却永远保持着距离
猛然看见
像是很随便的
被丢在那里
但仔细观察
又像精心安排

（杨黎《撒哈拉沙漠上的三张纸牌》）

于坚的诗排斥朦胧诗惯用的意象类型，只有一段生活流水账在他所谓的“语感”带动下琐碎地展开。他诗中即使出现了事物，那也属于物象——无论它们是否承担意义功能，首先都是具体生活场景中的一个实在物。它们尚未凝结出厚实的、独立的诗意。杨黎诗中看似设置了神秘意象，且随着视觉变化，意象之间似乎产生了某种戏剧关系，并于其中暗示了意义的存在。但是，这些意象本身是脱离了语用环境的、恋物癖意义上的物。物象也好，空物（符号）也好，都是非意象化的。这些诗的意义更多体现在叙事形态上，无论是于坚在时间线中展开的叙事，还是杨黎在空间上展开的叙事，都有清晰的因果律在支配着人和物的延续。这种叙事利用了更新颖的现代主义技法（金斯堡、罗伯 - 格里耶，等），改变了以意象为中心构成诗歌的方式，肯定了无诗意的日常生活的书写价值，确实有力地挑战了朦胧诗表现出的文化性和崇高性。

大概是因为叙事诗在新诗历史中并没有留下什么好声誉，所以诗人们当年并不用“叙事”来形容这类诗作，而更愿意将其定性为“反崇高”“日常化”“口语化”。进入九十年代后，这类诗歌叙事所包含的经验内容更加复杂，形制更加结实均衡，叙事水平也更加成熟。韩东的《甲乙》是其中较具代表性的诗作，它的开头和结尾的场景是：

甲乙两人分别从床的两边下床

甲在系鞋带。背对着他的乙也在系鞋带
甲的前面是一扇窗户，因此他看见了街景
和一根横过来的树枝。树身被墙挡住了
因此他只好从刚要被挡住的地方往回看
树枝，越来越细，直到末梢
离另一边的墙，还有好大一截
空着，什么也没有，没有树枝、街景
也许仅仅是天空。甲再（第二次）往回看
头向左移了五厘米，或向前
也移了五厘米，或向左的同时也向前
移了五厘米，总之是为了看得更多
…………
只是把乙忽略得太久了。这是我们
（首先是我们）与甲一起犯下的错误
她（乙）从另一边下床，面对一只碗柜
隔着玻璃或纱窗看见了甲所没有看见的餐具
当乙系好鞋带起立，留下了本属于甲的精液

《甲乙》整首诗的结构是反讽的。几种不同的叙述者嵌套在诗中，使一个简单场景的意义变得暧昧含糊。尤其结尾时，当一个旁观叙述者“我们”露出面目时，这首诗暴露了叙事机制（如透过摄影机在看）本身隐藏的一些秘密。它揭示了日常生活的不独立和无意义，就如“甲”眼里的风景之所以那么无聊，很大原因就在于它受到了那架叙事机器的摆布。另一面，它也揭露了叙事行为本身的虚假性。叙事通过祛魅制造新神秘，从而成为对空缺的色情的增补，或者说，叙事的欲望本身就有类于色情欲望的成分。

就诗的构成、结构和叙述意识来说，《甲乙》都明显表现出某种小说化的特征。叙事是人类本能，叙事行为本身肯定了人的意志，赞美了人的自由，向同时代和未来传递着理解和智慧，在这个意义上，任何方式的叙事本质上都一样。小说叙事的排场可能远远大于一般诗歌，但小说中那些睿智的游戏形式，如虚构性、人称之谜、人物塑造、结构模式，都可以被更集中地提炼成新的诗歌技艺。如果诗歌拥有不可撼动的基础，那么，诗歌的小说化根本摧毁不了诗歌的诗歌性。当然，小说自身也在快速变迁，从比喻的意义上说，《甲乙》的内在形态更像一部十九世纪小说，相较而言，人们经常讨论的九十年代诗歌叙事，其内在形态更接近于二十世纪现代主义小说。

二

另一些第三代诗人也参与了八十年代诗歌的叙事实验，但他们的写作姿态没那么玩世不恭，也不是为打倒什么而借叙事制造震惊效果。在他们诗中，叙事展开的是一条漫长的自我探寻之路，叙事在此过程也形成了内向的诗意。进入九十年代后，这些诗人将诗歌叙事的能力推进到了另一种境地，例如——

雨刷秩序地摆动，马达轰响着
把我们的视点移向风景的深处
只是更深的风景：加油站
淋湿的树木，弯道和行车标志
缓缓扑向我们，然后
从我们身旁飞快闪过。对于
陌生的头脑，这只是崭新的区域
熟悉事物的重新排列（或解构）
如同这个春天，此刻正慷慨地
用雨水冲刷着我们的意识
而深度，也不过是想象的产品
或语言学中顺时性的说法
只是具有时间和距离的意义
但你在沉思吗？……

（张曙光《公共汽车上的风景》）

八月又要来临，这一次，在悠长的历史
和短暂的现实之间，他成了一个
梦游者。啊！商业社会的浮华绚丽，

金钱像狼犬似的凶猛追击，使他
在这座城市又越来越远离这座城市。
现在，他比任何时候都希望时间
消失了它的线性。他已经不知道生还是死。

（孙文波《祖国之书，或其它……》）

我告诉你：东部的农场是军队的，不是
父亲的。他的烟斗中放满了干豆角叶子。
没人道歉。你知道：这个国家有太多的
歉意，对山上那株榆树，对河边那株
铃兰和她的姊妹。父亲躺在草丛中看着
比飞机更高的一颗星的滑行。因为高度
他不能断定：那是卫星呢，还是流星。
常识的获得其实比我们想象的要艰难，
在像黑龙江这样辽阔而又荒凉的外省里。

（桑克《给住在楼下的弟弟的一封信》）

诗歌叙事在诸多层面表现出了新变化，突兀的叙事标志被隐藏起来，松散的叙述句受到了技艺的节制，单一的因果链也不再主宰叙事的运行。叙事的“叙”和“事”的内涵和方法都与此前有个重大差别，其中牵涉到的诗学话题也一直是近年来诗歌界争议的焦点。本文只汇集几种较重要的意见简单评述如下。

首先，关于叙事中的“事”，它已不再是完整形态的故事，甚至不是完整形态的一个场景；它是在句子和句群层面运行的一种意义呈示单位，别的事或别的表达随时会穿插进来延宕、终止它的进程。众多的故事在诗中互相支持或互相破坏，它们展示出现代诗的“能够消化橡皮、煤、铀、月亮和诗歌”的巨大胃口（路易斯·辛普森语）。[1] 臧棣曾用“时事诗”这一概念准确地界说了叙事的这种变化。“时事诗的想象力能从容地触及那些带有历史事件色彩的诗歌题材，而它自身敏感的艺术特性又不被融蚀。换句话说，它能艺术地同化对它的非艺术的同化，从而将诗歌的洞察力推展到一个新的时代高度。”[2] 现实和历史的各种事件都可写入诗歌，尤其是那些现实事件，它们还尚未荣升为历史编纂学的内容，它们自身的意味在诗歌中获得了最初的解释。“时事诗”还要求一种诗句并置、切换“事”的有效方式。九十年代诗歌如此重视跨行技术，某种意义上说，跨行对事件的切分，对叙事节奏的掌握，正是“时事诗”的内在要求转化出的形式特征。

其次，叙事中的“事”，也经常被表述为“经验”。肖开愚解释他八十年代末提出的“中年写作”时说，“中年的提法既说明经

---

[1] 路易斯·辛普森《美国诗歌》，《美国现代诗选》下，赵毅衡译，北京，外国文学出版社，1985 年。

[2] 臧棣《后朦胧诗：作为一种写作的诗歌》，陈超编《最新先锋诗论选》，第 428 页。

验的价值，又说明突破经验的紧迫性”。[1] 张曙光说他从九十年代初开始，“注重在诗中表达更为复杂的经验，也开始关注语境的转换，诗歌中出现了沉思性的调子”。[2] 孙文波说，“‘叙事’在本质上是对处理经验的全面强调”。[3] 经验，既包括个人的也包括公共的，既指向现实也指向历史，它的内容容量比“时事诗”更庞杂。而且，经验意味着事件已带入了个人对它们的体验、理解和解释，因此，诗歌叙事是分析性的、主观的，也是其意味可以在诗中不断擦拭又不断重写的事件。这里包含一种特别的历史意识，正如欧阳江河所说，诗歌所叙之事是从已知时间中挑选出来使其变成“未知的、此时此刻的、重新发明的”历史。[4]

“经验”作为诗学概念在九十年代的兴起，大概受到了里尔克的影响。[5] 里尔克说，诗不是情感，“诗是经验”。但他通过

---

[1] 肖开愚《90 年代诗歌：抱负、特征和资料》，陈超编《最新先锋诗论选》，第 338 页；《个人写作：但是在个人与世界之间》（访谈），西渡、王家新编《访问中国诗歌》，第 126 页，汕头大学出版社，2009 年。

[2] 张曙光《生活、阅读和写作——答钢克》，西渡、王家新编《访问中国诗歌》，第 66 页。

[3] 孙文波《我理解的 90 年代：个人写作、叙事及其他》，《在相对性中写作》，第 133 页，北京大学出版社，2010 年。

[4] 欧阳江河《1989 年后国内诗歌写作：本土气质、中年特征与知识分子身份》，《站在虚构这边》，第 59 页。

[5] 王家新九十年代初说，里尔克“促使我由抒情的表现转向经验的开掘和感悟”。王家新《冯至与我们这一代人》，载《读书》1993 年第 6 期。冷霜曾说：“我有一个观察，叙事性这个概念在 90 年代，它的最早的来源恰恰是来自里尔克的这句话。”《在北大课堂读诗》（修订版）“九十年代诗歌关键词（讨论）”，第 353 页，北京大学出版社，2014 年。

将“经验”转化为回忆，又将回忆转化为对回忆的忘记，最终将经验领到超验的维度。按照他后期的表述，“把可见之物变为不可见之物，后者不再依附于可见与可即的此在，一如我们自己的命运在我们心中不断变得既更实在又不可见”。[1] 正是这类精神维度的缺乏，映照出九十年代诗歌叙事的问题。所以，肖开愚才会谈到诗歌所面临的“突破经验的紧迫性”；西川也说，叙事“并不一定能够如我们所预期的那样赋予诗歌以生活和历史的强度”。[2]

再次，“经验”意识蕴含着对如何处理经验的自觉，诗歌的“综合”即是由此生成的一种重要的方法论观念。西川说自己九十年代的写作与其说转向了叙事，“不如说我转向了综合创造”。[3] 在肖开愚的观念中，叙事也不只是琐碎的叙述，而更关乎一种“综合的写作才能”。[4] 在欧洲浪漫派那里，“综合”是一种垂直上升的精神熔炼。在中国诗人这里，“综合”更符合艾略特所说的多种经验“集中后所发生的新东西”，或多种经验“结合在某种境界中”的文本效果。[5]“综合”为书写时事和经验锤炼

[1] 里尔克《布里格随笔》，《给青年诗人的信》，冯至译，第 93—94 页，上海译文出版社，2005 年；《穆佐书简》，林克、袁洪敏译，第 216 页，北京，华夏出版社，2012 年。

[2] 西川《大意如此 · 自序》，第 3 页，《大意如此》。

[3] 西川《大意如此 · 自序》，第 3 页，《大意如此》。

[4] 肖开愚《90 年代诗歌：抱负、特征和资料》，《最新先锋诗论选》，第 338 页。

[5] 艾略特《传统与个人才能》，《传统与个人才能（艾略特文集 · 论文）》，第 10 页。

出更坚实的诗歌才能，如多位诗人提到并在诗中实践过的诗的戏剧性。戏剧性考验诗歌在叙事中融汇抒情、思辨、虚构的综合能力，是诗歌叙事所能探到的更高级形态。

最后，与“综合”相比，另有一种更谦逊的诗学观点，将叙事界定在细微的写作技术层面。如，张曙光承认的，叙事是“在一定程度上用陈述话语来代替抒情，用细节来代替意象。就我的本意，我宁愿用‘陈述性’来形容这一特征”。[1] 孙文波也强调，叙事是“写作对于事实的叙述过程的重视”。[2] 陈东东则说，“我最终要把所叙之事变成一件不可复述之事，要把那个本地故事从语言中打发掉，留给读者的，我希望，是那首题作《喜剧》的‘诗’。”[3] 胡续冬总结这一现象时说：“当代具有叙事意味的诗的目的不在讲述事件本身，而是注重事件过程生发出来的意义，或讲述方式的变化为诗歌带来的的新变。”[4] 叙事不是为了实现叙事的幻觉，而是在意识到词与物的非透明性的前提下，对语言中交织着的现实的或历史的经验的辨识、捕捉。当代经验难以形成令人满意的完整叙事，原因不在于叙事能力，而在于历史本身是未完成的。我们或可从这个角度来理解西川的论断：“叙

[1] 张曙光《关于诗的谈话》，孙文波、臧棣、肖开愚编《语言：形式的命名》，第236页，北京，人民文学出版社，1999年。

[2] 孙文波《生活：写作的前提（节选）》，王家新、孙文波编《中国诗歌九十年代备忘录》，第257页。

[3] 陈东东《它们只是诗歌，现代汉语的诗歌——陈东东访谈录》，西渡、王家新编《访问中国诗歌》，第150页。

[4] 《在北大课堂读诗》（修订版）“九十年代诗歌关键词（讨论）”，第344页。

事并不指向叙事的可能性，而是指向叙事的不可能性。”[1] 姜涛也认为，叙事性“与其说它是一种手法，是对写作前景的一种预设，毋宁说是一次对困境的发现”。[2]

唯此，诗歌叙事就只能表现为事件的碎片。碎片依然保留着某种尖锐性，布罗茨基说“让部分说话”，[3] 阿甘本说“微缩是历史的密码”。[4] 部分也好，微缩也好，都是人们不得不像垃圾收藏者那样将自己的生活暂存起来的方式。在讲述的施为中，个人转化成主体，历史也为它的未来预备下一份坚硬的年代记。

---

[1] 西川《大意如此 · 自序》，第 3 页。

[2] 姜涛《叙述中的当代诗歌》，《巴枯宁的手》，第 156 页。

[3] 转引自欧阳江河《1989 年后国内诗歌写作：本土气质、中年特征与知识分子身份》，《站在虚构这边》，第 59 页。

[4] 吉奥乔 · 阿甘本《幼年与历史：经验的毁灭》，尹星译，陈永国校，第 65 页，郑州，河南大学出版社，2011 年。

第二节　诗歌变形记和“幽灵”的转喻

一

一般说来，诗歌叙事所依托的“本事”，无论出自真实经验，还是出自纯粹虚构，仍有其内在逻辑，既散逸其内部的碎片，也收拢朝它围过来的碎片。但对臧棣来说，叙事是一种基础性的修辞方式，这里的“修辞”，是如德·曼所说的，“修辞从根本上将逻辑悬置起来，并展示指称反常的变化莫测的可能性”。[1]在他的叙事中，生活的戏剧时刻变成语言的戏剧时刻，反过来说也一样。如《维拉的镜像》：

通常，会比我早起
有时上身披一件睡衣，有时
似乎来不及穿上任何东西

[1]　保尔·德·曼《阅读的寓言》，沈勇译，第11页，天津人民出版社，2008年。

简单地漱洗之后，维拉

直奔到梳妆镜前。在那里
她描眉，轻施粉黛：细心得
就像是在做一顿可口的早餐
通常，生活正常得如一出戏

但有一天，正在照着的梳妆镜
突然裂碎。她的表情抖动
恰如受惊的蝴蝶。玻璃坠地后
那心形的镜框框住的墙面

就像一张新物种的狮子脸
显然，有什么东西太深邃
以至于并非在梦中，她的身体
竟也像是起伏的山脉的一部分。

从“心形的镜框框住的墙面”联想到“新物种的狮子脸”，又联想到“起伏的山脉”，经过这一系列的陌生化处理，室内风景变成外部的荒野风景，时间维度上的叙事终止于空间的广延。“新物种的狮子脸”暗示出某种威胁感或脆弱感，联系前文的“来不及穿上任何东西”和“可口的早餐”，威胁感或脆弱感会变得更加清晰。日常生活中暗藏着的飘摇或破损的一面，也许就是“有什么东西太深邃”的意指。在这里，陌生化带来的不仅仅是文学新奇，更是对生活的新奇揭示。正如诗歌结句所进入的那种宽广度，不正是诗歌写作为意识拓展出的宽广度吗？而“新物种的狮子脸”中的“新物种”不正是对诗歌创造力的另一种命名吗？

在《维拉的镜像》中，“我”大部分时间都是一个旁观者，但全诗语气从“通常……有时……有时……通常”到“突然”的变化，也在不断强化着“我”的情绪卷入度。直到“狮子脸”出现，“维拉”身体变得像“起伏的山脉的一部分”，“我”的视角从远景拉到近景之时，这出生活变形记才与“我”有了更紧密的关系。甚至，那张“狮子脸”就是“我”的隐蔽的脸，“我”透过这副面具才看到了“维拉”山脉起伏般的身体。整个过程中，看转化为被看（“维拉”），正向的看转化为反向的看（“我”），复杂的视觉反射机制被演示出来。“镜框框住的墙面”如超现实主义的一块自我意识的银幕——“能够再现它自己表现过程的表现领域”。[1]

看起来，《维拉的镜像》只是一首自我指涉的元诗，但显然它的意义维度不止于此。它嘲弄了“镜像”式文学的无能。文学如镜子般捕获生活是不可能的，它所捕获的那部分生活也未必

[1] 海姆·芬克尔斯坦《超现实主义艺术思想中的电影银幕》，张爱东、王升才、库宗波译，第 233 页，南京，江苏美术出版社，2009 年。

深刻，“镜像”的不断变换本身才构成了深刻（“显然，有什么东西太深邃”）。视觉反射机制通常又被认为包藏着权力的奥秘，但是，当反射本身变得层层叠叠时，权力的线结（比如本诗中隐藏的色情关系）又从哪里理清头绪？至于诗中出现的主体间的纠结和倒逆，更是臧棣诗中一个极常见的狡计，例如：

我索性穿上他的工作服
去敲你的门

我的视力在望远镜中
恢复得很快……
宇宙的深处不乏亮点
我差不多又看到了你——

（《小小的拯救》）

先别问我是谁？或“我是谁！”
如果你急于知道类似的问题，
请吧。先回答你是谁。
我已直起腰，正从座椅上转过身：
是的。对他们来说。

（《替人做作业》）

但其实是，主体才更妖冶，

更娇媚，才是更浓重的方言。

（《偏南风》）

在这里，人称代词的自由滑动，是对人称代词的指称性的戏仿和瓦解，试图认清它们背后的具体人物是谁，或者试图阐明所谓的身份问题，只是徒劳。在“主体”的构造中，扩张性和收缩性集于一体，就如站在“望远镜”两端，一端看到了大而近，一端看到了小而远；“我”靠近“你”的同时，“你”正在远离“我”。那么，主体间有什么？主体间隔着宇宙的浩渺。放在社会文化层面看又如何？主体越是渴望被他者当作一个主体，越是渴望被他者听到和听懂，就越是把自己自立为一种偏僻的方言（略微引伸一下，想想九十年代末诗歌争论中的“普通话”和“方言”之争）。

臧棣诗歌表现出强烈的哲学论辩的意识，其中“为新诗一辩”的立场尤其鲜明。耿占春就曾指出：“臧棣诗歌中有许多时刻是能够反身自指的，在论证和叙述事物时，包含着一种对语言或诗学问题的论证。”[1] 臧棣自己曾有更细致的解释：“写诗的过程，确实是一个‘辩’的过程。不仅是‘辩’，而且也是‘辨’。前者涉及的是有声的争辩，后者涉及的是沉默的辨认。”“在我

[1] 耿占春《失去象征的世界——诗歌、经验与修辞》，第 239 页，北京大学出版社，2008 年。

的诗中，确实有很多地方直接地毫无避讳地说到‘诗’。但从写作意识上说，我对‘以诗论诗’还是有抵触的。在我自己看来，那些直接提及‘诗’的地方，与其说是在‘以诗论诗’，莫如说是‘在诗中涉及诗’，或称‘在诗中命名诗’。”[1]这样的诗的行迹，曾机敏地显现在《维拉的镜像》中，类似的例子还有很多，如“黑色的航行似乎介于两者之间，/它是关于疏忽的知识。”(《偏航》)“而那些小径中/有一条，每当她量一回/就会向尽头以外再延伸一米。”(《古琴》)“(松鼠)在哪里冒出，哪里就是边界；/而我似乎正受惠于/它们用本能为警觉服务时/展示出来的精确。”(《榜样的力量》……

试图在臧棣诗中区分出叙事与现实、语言与再现、想象与经验、感性与理智的界限，将变得毫无意义。他在这些区域之间高速穿梭，瞬间破除意识障碍，变幻出神奇的诗歌之境，可以说，他为新诗发明了一种新的自由。通过阐释、移用现代主义某一派别的诗学观念，臧棣还试图将自由属性赋予了整个新诗传统。一方面，他强调现代诗的历史是自我筹划的，所以，现代性的评判标准由它自身的历史提供，“它的原创性力量源于它对自身存在的确认——这很像一种历史的自我崇拜”。[2]另一方面，现代性又不得不面对它自身所要求的“成熟”的考验。

---

[1] 臧棣、泉子《请想象这样一个故事：语言是可以纯洁的》(访谈)，载《西湖》2006年第9期。

[2] 臧棣《现代性与新诗的评价》，陈超编《最新先锋诗论选》，第437—438页。

“艾略特强调作为一个20世纪诗人，我们必须果敢地对艺术意识的不纯性（或说综合性）加以利用。他将这种艺术自觉以及它可能的后果限定在25岁以后，也就是说，从来没有一个时代，诗人在其内部面临‘成熟’的问题。在现代以前，或者在诗歌的现代性被迫成为一个问题之前，一个诗人所面临的根本问题是如何变得‘完美’。而进入现代，诗人面临的根本问题则是‘成熟’的问题；这用本雅明的方式来表述，即是如何用‘震惊效果’来取代‘感染力’的问题。”[1]现代诗站在一个时间意识的断裂处，它已没机会在时间中慢慢发展成完美，它的“成熟”也不必让过去的历史来判定，它的“成熟”体现在它已先行承接了历史留下的全部不纯的遗产，它为了创造自身的未来而不得不使用这份遗产。现代诗的这一“成熟”意识，既为臧棣诗中自由的甚而游戏性的主体提供了历史依据，又将新诗从那种动辄以旧诗之伟大来评判新诗成就的套话中解放出来，这显然有现实针对性。[2]

早在康德那里，“成熟”就被设定为现代性之起源的精神实质。后来，福柯以其历史“考古学”的方式回答了康德的设问：“我们应当避免在外部和内部之间交替，应当处在边界位

[1] 臧棣《人怎样通过诗歌说话》，《风吹草动》“代序”，第2—3页，北京，中国工人出版社，2000年。

[2] 参见郑敏《诗歌与哲学是近邻——结构－解构诗论》，北京大学出版社，1999年。

置上。……批判不是以寻求具有普遍价值的形式来进行的，而是通过使我们建构我们自身并承认我们自己是我们所作、所想、所说的主体的各种事件而成为一种历史性的调查。”[1]艾略特的诗学仍属于康德传统，但终其一生又试图克服现代性的文化冷漠。奥登在诗中也曾反思性地描写过“成熟”：“在前面，‘成熟’，当儿童向上攀登的时候，/却象地平线从他们眼前退避。”[2]对主体的质疑，如果不能同时成为对产生主体的历史条件的审视，那么，对主体真实性的追问都会显得绝对且空洞。主体的壮丽中几乎透出一丝悲壮，正如臧棣在一首诗中写的：“人不可能虚构出他无法/理解的影像。那么用化身/显灵吧！继续那令我们/感到晕眩的伟大事业？！”（《照耀》）

二

论证或论辩，形成了臧棣诗歌文本基本的织造方式，但这并不意味着他只专注于开掘“以诗论诗”的主题，相反，他诗歌的题材和经验范围之广，在当代诗歌中都是罕见的。他在论辩时，诗歌声音敏锐凌厉，而另一些时候，诗歌也沉浸在辨识的

[1] 康德《答复这个问题：“什么是启蒙运动？”》，《历史理性批判文集》，何兆武译，北京，商务印书馆，2010年。福柯《何为启蒙》，杜小真编《福柯集》，杜小真译，第539页，上海远东出版社，2003年。

[2] 奥登《在战争时期》，《英国现代诗选》，查良铮译，长沙，湖南人民出版社，1985年。

宁静中，或者用他的话说，那是一种“把事物当成消息来传递时采用的声音”。[1] 他在《戴维斯的夏天》一诗中描写“蝴蝶”：

它用舞蹈留下一条虚线——
为下一次对折充当着向导。
这美丽自然于惊人，并且需要一段时间
才能变成“惊人的美丽”。
而我，好奇于成年，希望
这段时间能被延迟得更长久些。

诗歌描绘“蝴蝶”，更在揭示“对折”的精神意义。“对折”在这里具体包括：自然与人的生命现象的对折（在蜕变的意义上，“蝴蝶”与“成年”对折），自然与语言的对折（“美丽自然于惊人”与“惊人的美丽”对折）。“对折”改写了“词与物”的关系，“词与物”不再在其结构内部互相指认或指控，而是“物”启发着“词”的灵感。通过中间两行诗的转化，诗歌“对折”出两重主题，这是对诗歌“对称于人之境”（张枣语）的更形象也更繁复的呈现。

臧棣诗歌中观察和分析的精确有时反使真实世界显得虚幻，从视觉效果看，这与超现实主义诗歌颇为相似，布勒东说：“对

[1] 臧棣《假如我们真的不知道我们在写些什么……》（采访），《访问中国诗歌》，第 213 页。

于我来说，能达到最高随意程度的图像是最有分量的。”[1] 但是从写作的原理上看，臧棣诗歌与布勒东的图像诗学（如“无意识写作”）有本质差异，臧棣自己就说过，“我想我偏爱的是视觉诗。……但是，我现在知道，鉴于我们面对的复杂的经验，诗歌应该拥有一种反绘画的性质。”[2] 臧棣诗歌也具备玄学诗的一些特征，如机智、曲喻（一个修辞格的扩展）、对思想的直接感受等；但他诗中的思维推衍方式不像玄学诗那样倚重逻辑的整体性，玄学派所处的时代，思想和感受仍是统一的。[3] 精确的微妙，或者说，思想和意识在语言中的微妙“对折”，并因此激发出炫丽的诗歌想象力，这是臧棣诗歌的核心特征之一。在诗中，事物因其被精确打量而散发出隐秘的讯息（“把事物当成消息”），这使诗歌呈现出一种卡尔维诺所述的“深思之轻”的品质。[4]

在臧棣笔下，人称转换之快令人目眩，语言戏剧也使叙事一直维系在风格的轻盈之中。但是在九十年代，有关轻的美学

---

[1] 安德烈·布勒东《超现实主义宣言》，袁俊生译，第 45 页，重庆大学出版社，2010 年。

[2] 臧棣《假如我们真的不知道我们在写些什么……》（采访），《访问中国诗歌》，第 207 页。

[3] 参见艾略特《玄学派诗人》《安德鲁·马韦尔》，《现代教育和古典文学（艾略特文集·论文）》，李赋宁、陆建德译，上海译文出版社，2012 年。

[4] 伊塔洛·卡尔维诺《新千年文学备忘录》，黄灿然译，第 9 页，南京，译林出版社，2009 年。对臧棣诗歌的“轻”的论述可参见胡续冬《臧棣：金蝉脱壳的艺术》（载《作家》2002 年第 3 期）和姜涛《“再骄傲一次，就完美一小会”——论臧棣》（收入《巴枯宁的手》）。

也遭到人们多方质疑：有人把轻视作纯诗之轻浮的一种表现，有人把轻视作后现代主义之轻慢的一种表现。其处境正类似于罗兰·巴特所说的“文之悦”的命运（巴特是在阅读理论的范畴中谈论该问题的）：右派争夺它而左派鄙视它，但都是对“悦”的粗暴处理；巴特的结论是：“显然，文之悦是令人愤慨的：这倒并不是因为它不合道德准则，而是因为它离题，散逸，漂移。”[1]轻是想象力的一种特殊气质，这使它很难被僵硬的审美俗套禁锢住。臧棣的《月亮》一诗开头写道：

虽然你已钉好木框，
并刷过四五道清漆，
但它不是一幅画；
它也不是一个藏有
珍宝的洞。它也许会
让你联想到死去的人
拼命想穿过的针眼，
但它不是事情的终结。
一只猫不会爬上它的肩头，
这是因为老鼠从未想过
要去那里藏身。一只老虎

[1] 罗兰·巴特《文之悦》，屠友祥译，第29页，上海人民出版社，2009年。

也不会去那里繁衍后代。

"月亮"的轻，是语言在感觉、幻想和机智之间形成的精神张力之轻，也是意识在其中巧妙流转的辩证之轻；从全诗看，还是诗歌在穿越各种"月亮"比喻后，诗歌边界在"不是"之中又跳出一米的轻。"月亮"的轻，称量着我们的生活境遇和意识境遇，也称量着我们对自由的想象能力。想象力具有生产性，想象力的轻盈从不生产琐屑的激情或冷漠，而后者也许正是文化工业所制造的幻觉本质。自由之轻区别于其他的轻，用卡尔维诺的话说，"深思之轻可以使轻浮显得沉闷和沉重"，轻证明了"很多人以为是时代的活力的东西——喧闹、咄咄逼人、加速和咆哮——属于死亡的王国，就像一个废车场"。[1]

三

臧棣曾说诗歌是"不祛魅"，[2]"不祛魅"是对文学的神话性的一种谨慎肯定。这从一开始就蕴藏在臧棣诗歌的语言戏剧中，既呈现在修辞和智识的微妙中，也呈现在叙事为生活情境制造的变形记中。叙事缺少了赋魅的能力，诗歌就缺少了诗的特质，

[1] 卡尔维诺《新千年文学备忘录》，第 9、11 页。另参看姜涛的论述：与"轻佻"不同，臧棣在拆分汉语时巧妙地夹杂了"一种复杂的道德感和伤痛感"。姜涛《"再骄傲一次，就完美一小会"——论臧棣》，《巴枯宁的手》，第 68—69 页。

[2] 臧棣、木朵《诗歌就是不祛魅》（访谈），载《诗歌月刊》2014 年第 1 期。

比如开头分析的《维拉的镜像》，如果缺少了因目光来回逆转而形成的意识扩展，如果缺少了对“何为诗的深邃”的暗中辨析，那个生活场景将变得多么平庸！

九十年代诗歌中的叙事，常常在或直接或间接地处理人的历史经验。历史力量挥之不去，这确实是当代生活的基本特征，同时，它也为叙事提供了自由蔓延的空间，这也是诗歌“不祛魅”的一个条件。臧棣直接处理历史素材的诗歌并不多，他甚至有点排斥历史对诗的过度介入。在他的诗歌观念中，诗歌是“历史的异端”：“想想看，历史中的那些基本的力量，政治、经济、社会、科学、文化、习俗，甚至哲学，都致力于将人裹胁到一种日趋机械的模式之中；只有文学和艺术透露出了挣扎的信息，拒绝历史对人类境况的展示和解说。正是基于这样的看法，我把诗歌视为是一种写作，渴望它具有一种超越美学的力量。至于说到诗人的工作性质，我是这样想的，诗歌就是用风格去消解历史，用差异去分化历史。”[1] 臧棣《猜想约瑟夫·康拉德》一诗中的海鸥，就是文学艺术作为“历史的异端”的一幅肖像：

一群海鸥就像一片欢呼
胜利的文字，从康拉德的
一本小说中飞出，摆脱了

[1] 臧棣《后朦胧诗：作为一种写作的诗歌》，《最新先锋诗论选》，第 427 页；《假如我们真的不知道我们在写些什么……》（采访），《访问中国诗歌》，第 222 页。

印刷或历史的束缚……

布罗茨基说，艺术“不是历史的同义词，它至多是历史的平行线”。布罗茨基批判的也是透露着国家意志的历史，而不是时间或文化意识意义上的历史，相反，正是后种历史辗轧出他诗歌“纵横捭阖的历史想象力”。[1] 历史想象力的有无，与诗歌是否处理了历史题材或历史主题无关，而与诗人从历史（现代性手中那份不纯的遗产）中提取新的历史喻意和历史形象的能力相关。在另一处，臧棣说：“尝试与幽灵对话，就是试图恢复某种被历史扭曲或压抑的记忆。换句话说，幽灵在我的诗歌中意味着一种同历史相抗衡的记忆的力量。”[2] 毋宁说，“幽灵”所处的地带正是历史想象力得以诞生的地带。

“幽灵”（以及相关的更多形象）在其他诗人笔下也频频出现，如：“忍耐梦想和斗争/幽灵般吵的父亲/我就要剖开血管/来与你促膝谈心”（张枣《雨》）“总是如此，当我远离一切时，死者便来找我。”（王家新《临海的房子》）“死者远离我们，在田野中，在月光下，但我们确知他们的所在——他们高兴起来，不会比一个孩子跑得更远。”（西川《致敬》）“公园以北，一个鬼

[1] 布罗茨基《文学憎恶重复诗人依赖语言》，布罗茨基诺贝尔文学奖“受奖词”，分别见《从彼得堡到斯德哥尔摩》，王希苏、常晖译，第 551、542 页，桂林，漓江出版社，1990 年。

[2] 臧棣《假如我们真的不知道我们在写些什么……》（采访），《访问中国诗歌》，第 211 页。

魂/正昼夜歌唱：/‘我死了，请让我复活/成为活着的任何人’”（翟永明《莉莉和琼》）“总有一些亡魂试着从言辞挣脱出来，/透过本地人的目光与异乡人对视。”（欧阳江河《雪》）在诗人们笔下，“幽灵”是历史的噩梦，也是存在的另一种维度，还是站在对立面上的自我。

在臧棣这里，“幽灵”也许还有另一重所指：作为一种记忆，诗歌不是要在历史中剥揭出属己的内容，而是诗歌本身就构成一种文化记忆的力量，并以对折的形式对抗着历史。有时，这会诱使人把一首与历史无关的诗读作历史的转喻，就像臧棣的《皮影戏》：

我的成长只是
柔韧于一些细节：
我再次把手伸进裤兜时，
电影票摸起来
不像是两张小纸片，
而像是光滑的
我们不能确定
我们是否见过的
野兽的皮肤。
它们仿佛缩小了，
但仍然很完整。

从《维拉的镜像》到《皮影戏》，“狮子脸”的变形记变成“驴皮记”的变形记。“成长”就是不断缩小为物，又在物中继续缩小。透视法的错置带出层层幻影，又像是对历史梦魇的微妙象征。所谓历史的进化或进步，也可能就是退化吧；某一天，它也许还能变大，变成广大的虚空吞没我们吧。诗歌之轻才能卷裹出历史之重，巴特说：“厌倦与迷乱相去不远，它是站在愉悦的岸边所看到的迷乱。”[1] 巴特意在批评美学中的“厌倦”，但在特殊情境下，我们也可以把这话当作对“厌倦”的赞美。

[1] 转引自乔纳森·卡勒《罗兰·巴特》，陆赟译，第 87 页，南京，译林出版社，2014 年。

第三节　身体地理学与“间歇”的诗意

一

从八十年代末开始，肖开愚将大量的个人经验或历史经验作为素材引入诗中。在那时期的长诗《公社》中，他对事物和历史的观察、分析更倚重个人传记经验。到九十年代写作《向杜甫致敬》时，经验在更广阔的现实和历史视域内展开，视角选择变得多元、从容，诗的思辨也呈现出更自由丰沛的能量。《公社》的某些写作特征，比如围绕“身体”展开的诗歌想象力，在《向杜甫致敬》中几乎已发展为一种“诗歌修辞动力学”。[1] 在《向杜甫致敬》第七首中，“我”和“你”在苏州河边一边看着混杂的景物，一边听到年轻人在小酒店里热烈谈论着过时的美国故事：

---

[1] 这是肖开愚对古典诗歌中的“色情”功能的论断，此处借来论述肖开愚诗中的身体问题。萧开愚《〈被克服的意外〉选章》，《此时此地：萧开愚自选集》，第 457 页，开封，河南大学出版社，2008 年。

我听不清，孩子的声音谁
听得清呢！六十年代制造的运粪船
突突驶来，我的阴囊重重地
挨了一脚：我知道你的后脑勺
热衷于挨拳头，你的肩颈和柔软
霉湿的思想肯定地偏向左边，
你信仰你的苏州河。它接纳
革命政策的大小便，本地老年机器的
勉强的分泌物。污秽它的清澈的
人面兽的贪欲单独为此负责。
就像我们的肠子，为百事可乐的
褐色苏打而排气，为年夜饭
而绞痛，电视节目为我们的舌头，
为腐败的味觉单独负责。多么好，
苏州河的蛇毒的舌尖舔着
我的鼻孔，舔吧！

“苏州河”是肖开愚诗中的一个重要地点，在他九十年代初的诗作《下雨》中，“苏州河”还只是楼廊外的一小片历史风景；[1]而此处，它已被隐喻为一个巨大而残破的躯体，盛放着本

[1] 对《下雨》一诗的分析，参见姜涛《巴枯宁的手》，收入《巴枯宁的手》。

地的革命残余物（也许还盛放着美国的革命残余物——如果孩子们谈论的是美国六十年代故事的话）。尼采说，“只有不断引起疼痛的东西，才能留在记忆中”。[1] 某些地点也属于城市之痛，它们顽固地提示着一些正被抹去的历史痕迹，它们是城市内部否定和揭发着城市自身的力量。某种意义上说，诗歌也是人类心灵中的这样一处地点，承载着一个特殊的“历史作家”的记述功能：“历史是一个趋势，一个不可抗拒的欲望，一个必然？抑或所有存在过的那些荣耀、灾难或平庸，相反，出自偶然？我像历史作家一样拘谨地处理材料，可是我的文字之间隐隐可见的，是历史作家要嘲笑的那种怪异的龟纹。……我们没有神学。但是我们有类似神学的历史。无神论者的历史无法不是复杂的和鬼魅的。”[2] 诗歌作为一个地点，它所讲述的是历史秘传的知识（“怪异的龟纹”），它所讲述的是一种反纪念碑化的历史（纪念碑将历史凝结为对岸的风景）。

权力一直在规训身体，但身体凭借疼痛的记忆也在不断发出控诉，就如记忆中那个“阴囊重重地挨了一脚”之痛。身体上的驯化标记未必那么简洁明了，倒是经常呈现出暧昧的面貌，当身体处于色情氛围时尤其如此。比如《向杜甫致敬》中的其他

[1] 尼采《论道德的谱系 · 善恶之彼岸》，谢地坤、宋祖良、刘桂环译，第 40 页，桂林，漓江出版社，2000 年。

[2] 肖开愚《个人写作：但是在个人与世界之间》（访谈），《访问中国诗歌》，第 129 页。

句子："她的短裙迫使楼层的高度/低于美腿，她的睫毛/打开了备用的电力系统，/她的舌头弹射轻巧的炸弹/征服高耸的玻璃帝国"，"如果我需要她开口她就会说，/'新牌子的啤酒爽口呢！'/如果我需要她坐下她就会说，/'今天申花输给了大连。/今天晚上……'。"色情既是语言的施动，也是语言的退化；它以语言的增多表达了语言禁忌的深广。色情不是为了把握对象，而是将对象悬空，将关系只维系在想象和表达的瞬间。在色情中，禁锢与自由、激情与空虚、生产与耗损奇妙地扭结在一起，这本身就是当代社会的"人间喜剧"：它不是禁欲的也不是纵欲的（因此它甚至够不上恶的激情），它是时代精神的"半裸体的奇异性"（巴塔耶语），是"一切都在寻求交换，希望相互逆转，并在某个循环中自我废除"（波德里亚语）的饥渴症反映。[1]

"身体"在当代文学中的意义，不在于它是祛魅工具，恰恰在于它是可赋魅的新领地。欧阳江河就曾分析过九十年代政治话语和经济（金融）消长模式中的色情癖性，也揭示了色情与历史的含混氛围的契合——"一种由来已久的倦怠，一种严重的受挫感"。[2] 放在当代诗歌的背景下看，有关"身体"叙述的变

[1] 乔治·巴塔耶《色情史》，刘晖译，第151页，北京，商务印书馆，2004年；让·波德里亚《论诱惑》，张新木译，第72页，南京大学出版社，2011年。

[2] 欧阳江河《1989年后国内诗歌写作：本土气质、中年特征与知识分子身份》，《站在虚构这边》，第76—77页。

迁将显现出更丰富的历史意味。简单地说（冒着严重简化历史的风险），在五十到七十年代的诗歌中，在一个无边际的乌托邦空间内，身体只是该空间的微型隐喻，身体自身的内容是空的。八十年代的文化史诗中，身体神学是对上个时代表达禁忌的突破，但支撑它的框架依然浩大无边，主体解放也像是革命能量聚集已久后的最后一次爆发。九十年代，自我物化和自我贬损的身体地理学取代了身体神学，身体器官上不时地闪现着已然消逝的总体精神的记忆碎片。在肖开愚这里，身体的破损也转化出另一个隐喻："生命的饥饿状态"对于谵妄的历史时刻的隐喻。[1]《向杜甫致敬》的结尾处写道：

也许就是机器里的房间，一种靠近真理的感觉
　迷糊了已经动摇的信心，
　　光晕和光斑，蝴蝶纷纷，
马上让我相信外星人的坏主意，
　在键盘上眺望他们的星球。
　　和我们的灵魂的天堂。
在我的房间里进行我的星际旅行。
　在我们的地狱，我们的银行，
　　抓住上帝之手是可能的。

[1] 肖开愚《个人写作：但是在个人与世界之间》（访谈），《访问中国诗歌》，第129页。

而在夜总会，在我走神的当儿
一位小仙女会在面前出现
把我带回我的房间。

《向杜甫致敬》中的“身体”作为一种诗歌修辞动力，分别衍生出不同主题或论题类型，它们为不同的故事板块提供了向心力，众多事物、细节和议论围绕这些中心运转。由此，肖开愚寻找到一种不同于视觉（光学）主义和乐章模式的长诗结构方式，这是肖开愚对现代汉语诗歌的一个重要贡献。但在诗的结尾处，一切事物和形象都处于变异的力量中，它们在眺望的瞬间翻转为虚拟空间的一个个表象。这是一派簇新的宇宙风景的诞生，是数字技术时代的崇高美学。真实与仿真、自然与技术、信仰与狂欢、上升与下坠、结域与解域都处在对穿的运动中，个人经验和历史经验在光学碎片中迷乱着，处在时间绵延中的事物同时也压缩在空间的曲面上。它提供了“从历史的噩梦中醒来”（乔伊斯语）的契机，[1]但也像站到了神秘的视窗之梦的入口：“啊，我崇拜海的蓝色，它的汹涌。/它使我们像鱼，像健忘症。”因此，它也是一个有关未来之废墟的梦。

[1] 乔伊斯《尤利西斯》（上卷），金隄译，第55页，北京，人民文学出版社，1994年。

二

自我迷失在色情中，也迷失在数字技术的新境界中（就此而言，数字技术本身就是色情的）。但诗人也说："从幽微与迷离找到自我和自我的影子，或能获得通向他人的起点。"[1]一个他人已先行在那里了，这种意识并非通向他人的有效依据，因为他人依然是"我"的授权对象；而"幽微与迷离"是意识和感觉从"我思"的认识论中挣脱出来的瞬间，这一瞬间为人通向他人提供了一种美好的想象。肖开愚在《在公园里》一诗所叙述的那种"间歇"状态，就指向了自我丧失的体验以及走向他人之可能性的问题（它也牵涉着诗歌形式的破与立的辩证关系）：

> 今天，如愿以偿，下午四点，
> 靠在中山公园的长椅上，我深深地
> 睡了一觉。醒来感到若有所失。
>
> 并不是从那些打木兰拳的女人，
> 和那些踢足球的孩子身上，而是从我，
> 从我在草坪边睡觉的那个惬意的间歇，
>
> 一些东西消失了。我从孕妇的肚子，

[1] 萧开愚《相对更好的现实》，《此时此地：萧开愚自选集》，第 426 页。

击球声，蝉声，和飞过公园上空的飞机的
嗡响中听到越来越多的间隙。

我曾经认为，天空就是银行
会失去它的财富，它的风暴，它的
空洞；但我，没有什么可供丧失。

我所有过的，在我看见的时候，
就不属于我。我所有过的，在我说话时，
就已经消失；没有形状，没有质量。

我甚至知道吹乱葬礼上哭泣的亲人的衣服的
并不是死者的呼吸，
　　　　和歉意。噢，不是。

这是一首为“间歇”造型的诗。与“间歇”对应的形象是孕妇肚子、球、蝉、公园、飞机、天空、银行、吹乱的衣服，它们都具有某种封闭形式或循环节律。另一方面，它们本身又都蕴含某种生长（“孕妇的肚子”）或突破（诸种声音如“击球声”“蝉声”“飞机的嗡响”）的趋势。第四、五节内容又暗含着对言说行为的反思。诗中“银行”（又一个诗歌的地点）的意思，需要作略详细的解释。肖开愚在同时期文章中曾用银行和货币比喻诗歌写作（尽管语境与此处不同）。[1]《向杜甫致敬》结尾处也出现过“银行”，表示相异事物之间的空洞兑换：“在我们的地狱，我们的银行，/抓住上帝之手是可能的。”货币作为语言经济的象征，属于现代主义文学（尤其在马拉美、庞德和史蒂文斯那里）的一个小传统。银行货币“能高高在上地生活在自身的内在共生状态之中，并在不援引旧的内容的情况下流通”。[2] 就此而言，“银行”是对充满空疏想象的诗歌的绝妙比喻。“天空”视野就是这类诗歌想象的典型：它是不及物的，自转的，但又可以从中不断提取美学利息的“银行”。全诗最后一个句子“噢，不是。”使整首诗的形式，也即那个被赋形的“间歇”的形状，更加完满（“噢”的发音也呼应了前文的各种封闭形象）；但语义上，它又是对“我曾经认为”所统领内容（直到“……和歉意”）的否定，也就是说，它最终反对了诗歌的“银行”美学，也最终确认了：吹乱葬礼上哭泣的亲人的衣服的就是死者的呼吸和歉意。

诗中由形象和形式的运动聚合起的那个闭合的隐形构造，被“死者的呼吸和歉意”吹开了缺口，生命由此也朝向外部的或记忆的世界打开了出路。列维纳斯曾描述过一种“迫近的诗意”：

---

[1] 肖开愚《90年代诗歌：抱负、特征和资料》，《最新先锋诗论选》，第333、335页。

[2] 詹姆逊《文化与金融资本》，王逢振主编《文化研究和政治意识（詹姆逊文集·第3卷）》，王逢振译，第367页，北京，中国人民大学出版社，2004年。

“世界的诗意不可能与极其迫近或者说是邻人的极其迫近分开。正是由于感到了它们源于某个绝对他者，某些冰冷的、矿物质般的接触才没有由于被剥夺了这些温暖的感觉而凝固为一些信息。感到了它们源于某个绝对他者，这种感觉乃是感性的最高结构。”[1]“迫近的诗意”存在于人对他者的伦理意识中，也存在于策兰的将诗视作“握手”的那种承诺中。[2]《在公园里》结尾处打开的就是这样一个向度。

“间歇”中传递的“幽微与迷离”，也许正是列维纳斯所说的“感性的最高结构”的别一种说法。在另一篇文章中，肖开愚更将“间歇”引向深远的诗学传统：“中国诗人擅场颇多，其中之一是睡觉，浑然不觉时时过境迁，时过境迁时浑然不觉。醒来，是醒在啼鸟中间。这个心想境至的传统表明对人的厌烦。……诗于人，辞藻辐辏的信念所诱发的休息，就是从此时此地、从‘我’的倏忽脱离。”[3]这一思路与传统诗学范畴如“物化”“出神”等的关联，使其与列维纳斯的“绝对他者”有了根本差异；因为正如利科所述，列维纳斯的“绝对他者”不仅与自我保持不对称性，形象上也更近于正义导师。[4]而在肖开愚这里，“间歇”

[1] 转引自刘文瑾《列维纳斯与“书”的问题：他人的面容与“歌中之歌”》，第 219 页，北京，生活·读书·新知三联书店，2012 年。

[2] 参见刘文瑾《列维纳斯与“书”的问题：他人的面容与“歌中之歌”》，第 313—333 页。

[3] 萧开愚《安特卫普大学讲演稿》，《此时此地：萧开愚自选集》，第 393 页。

[4] 保罗·利科《作为一个他者的自身》，佘碧平译，第 281—283 页，北京，商务印书馆，2013 年。

中包含的他者意识归根结底是指向自我的，而“死者”，首先指的也是自我作为有死者的即生即死的体验。[1]

三

肖开愚在其九十年代的诗论中，曾论述到诗歌“戏剧性”的问题。“戏剧性”需要更灵活地处理人称问题，按他的说法，“戏剧性——很多人物的出场——将诗的舞台提供给了更多陌生的、新近出现在世界上与我们生存息息相关的东西”。[2] 这一要求同样反映在他自己的特别是长诗的写作中。比如《向杜甫致敬》中，众多身份各异的说话者出场，形成了与复调小说相仿的叙事效果。[3] 巴赫金的复调多指思想声音的丰富性，这对诗歌同样重要。诗歌的声音既指诗在音韵或音乐形式的效果，更指诗在其情感和思想展开中生成的更内在的声音调性。它是说话方式和口吻本身构成了某种意义隐语的那种声音，正如唐·伯德说的，“诗歌的音乐就是声音开始意指事物的经历”。[4]《向杜甫致敬》中有一种自我反诘的，克制到呈现出沉默属性的声音，恰

[1] 萧开愚《安特卫普大学讲演稿》，《此时此地：萧开愚自选集》，第 394 页。

[2] 肖开愚《90 年代诗歌：抱负、特征和资料》，《最新先锋诗论选》，第 339 页。

[3] “复调”中主人公的他人意识“没有对象化，没有固定化，亦即没有成为作者意识的单纯客体”。M. 巴赫金《巴赫金文论选》，佟景韩译，第 4 页，北京，中国社会科学出版社，1996 年。

[4] 转引自查尔斯·伯恩斯坦《语言派诗学》，罗良功译，第 24 页，上海外语教育出版社，2013 年。

恰是这种音质构成了对杜甫的真正致敬。《在公园里》的介于独白与交谈之间的，带着隐晦的自省气息的声音，使“死者”在一种声音的允诺和记忆中，如呼吸般重新在场。还是帕斯说得好：诗歌声音代表流逝但又以清澈音节返回的时间。[1]

当我们说某诗人拥有自己的声音时，总是意味在他的诗中可辨识出某种较稳定的音质。诗的音质既源于诗人的个人禀赋，通常又属于社会文化现象的一部分。许多诗人都具备清晰的声音特征，但仔细辨析，那声音仍是某些公共声音的再现。八十年代诗歌中流通的高亢昂扬的声音，九十年代诗歌（至少一个时期内）中流通的移情性的声音，都属于同时代的公共声音。所谓移情性的声音，是指那种轻易地站在死者的道义位置上发出的声音。正如肖开愚在《向杜甫致敬》中所评论的“幸存者”的声音：“那幸存者的委屈所控告的飘逸/构成了妖媚的判词，/‘句法，风骨’，/简直就是稀泥。我恶心/你们发明的中国，慢速火车/缀结起来的肮脏国家，/照着镜子毁容，人人/自危，合乎奖赏。”无独有偶，臧棣九十年代初曾说，幸存诗学是“从历史的诡计那里购买到发亮的诺言”。[2]“发亮的诺言”也暗示了对这类声音的批评。不是说“幸存”诗歌必定伪善，而是它们的言说姿态有时太过轻巧。

---

[1] 奥·帕斯《批评的激情》，赵振江译，第48页，昆明，云南人民出版社，1995年。

[2] 臧棣《霍拉旭的神话：幸存和诗歌》，载《延边大学学报》1993年第1期。

相比之下，肖开愚在“间歇”中感受到的“幽微与迷离”包含了更多内省成分，吹乱葬礼上亲人衣服的死者的呼吸和歉意，也是生命“被迫潜匿的自由本能”（尼采语）最后的灵光一闪。[1]“葬礼”也是一个地点，它与城市中那些意味深长的地点一样，将我们重新代入“怪异的龟纹”那不肯消逝、冲突的历史记忆中。在这些地点中，老火车站因其交通功能——既是空间的交通，又是时间的交通——而成为历史记忆的集散地；或者，在老火车站的幽深空间中，一场又一场看不见的历史葬礼正上演着。“哪座车站的剪影闪现在啤酒/泡沫里，哪些人的灰色形象/就卷入苍白或漆黑的火车”（《向杜甫致敬》)。以下是肖开愚另一首诗《北站》：

我感到我是一群人。
在老北站的天桥上，我身体里
有人开始争吵和议论，七嘴八舌。
我抽着烟，打量着火车站的废墟，
我想叫喊，嗓子火辣辣的。

我感到我是一群人。
走在废弃的铁道上，踢着铁轨的卷锈，

[1] 尼采《论道德的谱系·善恶之彼岸》，第63、71—72页。

哦，身体里拥挤不堪，好像有人上车，
有人下车。一辆火车迎面开来，
另一辆从我的身体里呼啸而出。

我感到我是一群人。
我走进一个空旷的房间，翻过一排栏杆，
在昔日的剪票口，突然，我的身体里
空荡荡的。哦，这个候车厅里没有旅客了，
站着和坐着的都是模糊的影子。

我感到我是一群人。
在附近的弄堂里，在烟摊上，在公用电话旁，
他们像汗珠一样出来。他们蹲着，跳着，
堵在我的前面。他们戴着手表，穿着花格衬衣，
提着沉甸甸的箱子像是拿着气球。

我感到我是一群人。
在面店吃面的时候他们就在我的面前
围桌而坐。他们尖脸和方脸，哈哈大笑，他们有一点儿会计的
假正经。但是我饿极了。他们哼着旧电影的插曲，
跨入我的碗里。

我感到我是一群人。

但是他们聚成了一堆恐惧。我上公交车，

车就摇晃。进一个酒吧，里面停电。我只好步行

去虹口，外滩，广场，绕道回家。

我感到我的脚里有另外一双脚。

上海老北站与苏州河一样，是中国近现代历史多重记忆的交叠场地，只是北站的荒芜本身更具寓言意味：按比例缩小建成的北站博物馆耸立在原址上，历史变成微缩景观也说明了那段历史本身在当下的暧昧处境。北站沉寂了，但北站曾经喧腾的社会底层人声依然拥挤在“我”的身体里，身体（主体）地形的剥蚀和分裂表征了社会剧变的残酷性。这群人动作夸张，姿态纷呈，但又都像被锁死在了石头雕像里；他们只展示了唯一一个连贯动作：“他们哼着旧电影的插曲，/跨入我的碗里”。这群人确实像旧电影里的定格画面，而电影介质释放着幽灵的灵韵。他们凝固在每一帧画面里的姿态都试图从过去跃出，仿佛那姿态中尚有未被耗尽的、有待未来做出应答的激情元素。他们是终将复活的未来的幽灵。

当然，电影是叙事，电影中彼时的死者对电影外此时的生者，也构成了一种意识形态询唤，他们因而也是“一堆恐惧”。所以，为什么要说“幽灵”？“幽灵”不是为面目可疑的过去事物罩上的一层新哲学的轻柔面纱吗？为什么不用本地风俗说，那

其实就是“鬼魂”？叙事象征性地延缓了死者死亡的速度，旧电影如此，新叙事也一样，最终，这一切都只是整个历史时段中的一个“间歇”，正如《北站》结尾时写的：“我只好步行/去虹口，外滩，广场，绕道回家。/我感到我的脚里有另外一双脚。”在凝重的姿态与轻快的脚步之间，诗伴随一代或几代人，幽微迷离了一会儿。

第四节 “名与命”：诗歌叙事，或一种历史记忆形式

一

“叙事”是九十年代诗歌的一个核心概念，叙事拓展了诗歌对现实情境和历史经验的表达范围，测度了现代汉语诗歌在声音、视角、修辞、想象、结构等方面的写作潜质。当然，对叙事的过度强调也引起诗人和批评家的警惕。比如，强调叙事性也许会忽略诗歌其他维度的特质。西川基于对诗的“综合创造”的理解，认为“叙事并不能解决一切问题。叙事，以及由此携带而来的对于客观、色情等特色的追求，并不一定能够如我们所预期的那样赋予诗歌以生活和历史的强度”。[1] 耿占春认为，对观察而非“冥思”经验的重视可能造成诗歌“新的狭隘性”。[2] 程光炜说，“叙述并不是诗歌最重要的品质”，“它毕竟不是源

[1] 西川《大意如此》“自序”，第 3 页。

[2] 耿占春《群岛上的谈话》，第 103—104 页。

于古老文化背景的诗歌所向往的目的”。[1] 又如，叙事中场景和议论的杂多是否正是现时代热闹而又琐屑的文化景观的症候表现？肖开愚就曾反问：“场所是不是太多？情节是不是左右了诗人的想象力？叙事的时候夹进去的评论是不是有点儿无可奈何的投降？”[2] 王家新也批评了诗歌的“仿叙事”：“一种生活表象或经验片断的堆砌。……这种叙事话语的无限增值只不过显示了一种意义的空洞！”[3] 程光炜则论及了另一个更具颠覆性的问题：从“知识型”的转变来看，如何理解历史再现中的权力问题，即“诗人是在恢复谁的历史？他要把批判的武器交到谁的手里？”[4]

上述质疑和追问大都触及了问题的症结，带着这些质疑重新思考诗歌叙事问题，既可加深我们对现代诗观念变化的理解，也为我们思考相关的当代文化问题提供了特别的视角。九十年代诗歌叙事实践使部分诗歌呈现出小说化特征（这其中的利弊尚需仔细分析），这导致人们对诗歌叙事产生了两种误解：一种认为诗歌与小说的体裁界限是不可跨越的，一种则将叙事视为诗歌的一种附加的技术或功能。诗歌与小说的体裁划分，虽然只是文化构造的一个结果，但不可否认它在今天依然是一种有

[1] 程光炜《叙事策略及其他》,《程光炜诗歌时评》，第 39 页。

[2] 肖开愚《当代中国诗歌的困惑》，载《读书》1997 年第 11 期。

[3] 王家新《从一首诗的写作开始》,《没有英雄的诗》，第 23 页。

[4] 程光炜《叙事策略及其他》,《程光炜诗歌时评》，第 44、45 页。

效的文学分类和文学判断的标准。不过也要看到，体裁的传统界线在现代文学思想中确实已出现松动，布朗肖就提醒人们不必僵硬地看待体裁划分法则，“重要的只有书，……一部书不再隶属于某体裁，任何书都属于单一的文学，犹如文学事先就握有能单独赋予写下的东西以书之实在性的一般诀窍和格式”。[1]仅从技术或功能角度理解叙事，最大的问题在于，叙事只被当作诗歌的一种外在的，可从整体中剥离出来的构成要素，而这种思路有时又从诗歌的“古老文化背景”中寻找支持。先搁置后一判断不谈，就现代诗而言，叙事远不只是诗歌的一种操作手段，而是某种现代意识在诗歌领域的最有力的反映形式，是如臧棣所说的“一种新的想象力”。[2]至少从波德莱尔开始，现代诗表现出对于现代生活奇异之美的迷恋（或绝望），[3]这促使众多后继者自觉地从缺乏诗意的资源中开发写作领地，并逐渐形成对某种客观化诗学的认同。这是理解现代诗叙事问题的基本背景。叙事捕捉不规则和偶然的现代经验，尖锐地批判现代人的境遇，也颠覆了人们对“美”的传统认识，借用弗里德里希更

[1] 转引自托多罗夫《巴赫金、对话理论及其他》，第 22 页。

[2] 臧棣《记忆的诗歌叙事学——细读西渡的〈一个钟表匠的记忆〉》，臧棣、肖开愚、孙文波编《激情与责任：中国诗歌评论》，第 344 页，北京，人民文学出版社，2002 年。

[3] 需要说明的是，波德莱尔和法语现代诗的诸多范畴不足以概括波德莱尔之后和其他语种的现代诗特质，艾略特就曾说，波德莱尔、马拉美和瓦莱里“代表着一个随着瓦莱里的过世而终结的时代”。艾略特《从艾伦·坡到瓦莱里》，《批评批评家（艾略特文集·论文）》，李赋宁译，第 25 页，上海译文出版社，2012 年。

形象的说法，叙事是现代诗在其内部刻画的意识和美学的“拉锯状”力量。[1]“二战”后，面对“奥斯维辛”和其他历史灾难对抒情诗之可能性的巨大创痛，现代诗人（尤其是东欧和英美诗人）强化了诗的客观化风格甚至物质化风格，似乎只有这种文学风格可以再现、匹配这个残酷而荒凉的世界，或者，只有卑琐的生活场景才能为虚无的人类腾出一点存在的空隙。中国九十年代诗歌中的“叙事”概念尽管显得简陋，但其内涵确实包含了与上述诗学相一致的写作追求。

当然，西方文学思想未必能贴切地阐明中国文学现象，比如，西方现代性的“奇异”概念反映了艺术家对于时间问题和创造力问题的焦虑：新永远嫌自己不够新。[2]这与九十年代中国先锋诗歌的精神状态并不吻合，如果一定要说焦虑，后者遭遇的是一九八九年后“深刻的中断”的焦虑。[3]再扩大一点背景来看，八十年代末九十年代初，苏联和东欧的制度解体激发了人们对于“历史的终结”的想象和讨论。这也是九十年代后，广义的俄苏和东欧现代诗人如“白银时代”诗人、布罗茨基、米沃什、保罗·策兰、希姆博尔斯卡、塞弗尔特、赫伯特等，在中国变得

[1] 胡戈·弗里德里希《现代诗歌的结构：19 世纪中期至 20 世纪中期的抒情诗》，第 8 页。

[2] 参见马泰·卡林内斯库《现代性的五副面孔》，顾爱彬、李瑞华译，北京，商务印书馆，2002 年。

[3] 欧阳江河《1989 年后国内诗歌写作：本土气质、中年特征与知识分子身份》，《站在虚构这边》，第 49—50 页。

更加重要的原因。[1]进一步追溯，自六十年代末全球革命风暴消散之后，追求普遍解放的文化冲动就已日趋式微，历史写作领域的宏大叙事受到抑制，而“日常生活史”“微观史”和“新文化史”成为更切实的写作目标。以此为参照，我们可以更好地理解九十年代中国社会和思想的深刻变迁。也许正因为意识到时代的“中断”，对前一个时代的反思性叙事才会出现，反过来这些叙事本身也在一定程度上塑造着时代“中断”的事实。“中断”意识同样表现在九十年代两个诗学概念“中年写作”和“青春期写作”的对峙中。“中年写作”推崇写作的成熟品格，“青春期写作”则被用来批判八十年代（乃至整个二十世纪文学）诗歌运动和诗歌实践的粗粝性质。[2]对“青春期写作”的批判，包裹着本质主义的历史观，但也真实地反映了九十年代后中国社会对乌托邦思潮的厌倦，到九十年代末，这种情绪被更简明地表述为“告别革命”。[3]

历史的“中断”意识本身包含着话语建构的成分，而诗歌写

---

[1] 对这些诗人的译介大多始于八十年代，只是九十年代后基于曾经相近的历史处境，中国诗人对他们的接受比此前更加充分。这样说并不否认其他西方或非西方诗人的重要性，也不否认九十年代对中国古代诗人（如杜甫）重新“发明”的意义。

[2] 参见欧阳江河《1989 年后国内诗歌写作：本土气质、中年特征与知识分子身份》，西川《走下坡路的中国作家》（收入《让蒙面人说话》，上海，东方出版中心，1997 年）；肖开愚《当代中国诗歌的困惑》（载《读书》1997 年第 11 期）、《90 年代诗歌：抱负、特征和资料》（收入《最新先锋诗论选》）；王家新《阐释之外：当代诗学的一种话语分析》（收入《没有英雄的诗》）等文。

[3] 参见李泽厚、刘再复《告别革命：回望二十世纪中国》，香港，天地图书有限公司，1997 年。

作蕴涵了历史流动的更丰富的气息。所谓告别从来不会那么彻底，即使微观史也仍然承载着政治补偿的功能。德国史学家耶尔恩·吕森在评论微观史名著《蒙塔尤》和《奶酪与蛆虫》时说，它们“乃是现代化社会的反面图景”，前者“给那些被现代世界的‘进步’挫伤的人们提供了某种补偿”，后者“提供了一幅历史肖像，将 1968 年一代的理想付诸现实。他们将自己的未来丢失在了过去。这就是补偿：让过去承载着对于将来的已经破灭了的希望”。[1] 这种“补偿”的逻辑在九十年代诗歌中具体呈现为过去对现在的搅扰和涂抹。错层堆叠是历史的基本形态，所谓叙事并不是为了寻求真相，而如姜涛所言“是一次对困境的发现”。[2] 就如旅行也是自我在不同时代文本间迷失和挣扎的历程（王家新），成都的生活倒映在威尼斯的水中（欧阳江河），色情幻想与政治话语相互转换（肖开愚），轻盈也可能是历史幽灵的另一重身影（臧棣）。表达和表达的禁忌之间保持着微妙的张力，当维特根斯坦说“对于不能谈论的东西必须保持沉默”时，[3] 不能谈论的东西其实已获得显露机会，所谓语言学转向有时也是历史转向的一则寓言。

---

[1] 埃娃·多曼斯卡编《邂逅：后现代主义之后的历史哲学》，彭刚译，第 174、175 页，北京大学出版社，2007 年。

[2] 姜涛《叙述中的当代诗歌》，见《巴枯宁的手》，第 156 页。

[3] 维特根斯坦《逻辑哲学论》“前言”，贺绍甲译，第 23 页，北京，商务印书馆，1996 年。

二

九十年代诗歌叙事的内容经常涉及当代历史某些重大问题，但细节和场景的展开又保留着个人历史经验的具体性。这里的个人历史经验，指人们对自己所属时代的整体状况的体验和理解，它也受到那个时代的知识规则的影响，但毕竟也不同于历史主义带来的那种认知。个人历史经验具有相当的记述价值，也为未来更成熟的历史描述提供着广泛的基础，特别是当个人与历史事实有更多更深的交集和碰撞时。个人是阿伦特所述的那种“特殊物”，贝纳尔进一步阐释说，“特殊物”具有“实例”的形式和意义，“只有通过反思在过去的诸多特殊的刹那中有例为证的人类自由之神奇，我们才能支撑我们自己度过当下并保有对未来的希望”。[1] 当然，个人经验需要经过叙述转化才能成为一个时代的历史经验。在此过程，个人这个“特殊物”的故事，不是以证明或推翻已有的历史书写为目的，而是为了提供一种反思路径并为被压抑的声音辩护，因为叙述的首要敌人是刻意遗忘。诗歌在这方面的敏感，早在九十年代初就表现出来了，如张枣在一首见证性诗歌（任何其他层面的阐释都不能取消其见证意义）《断章》中写到：

象征升起天空之旗

[1] 汉娜·阿伦特《康德政治哲学讲稿》，曹明、苏婉儿译，第221页，上海人民出版社，2013年。

生活，是旗换回死者
以命名来替换虚幻
名与命。说：“夜里没有
歌声”，就等于给沉暗
赋予动地哀的体形
怎样的不可言述中
家园轮廓脱去朦胧！

如果说“死者”已归于历史，那么“名与命”的辩证法透出某种矛盾的历史感受：虚幻的过去寄托着诗人怀乡病式的渴望。“怀乡病”是一种情感类型，也是一种历史意识形式。安克施密特曾经说，“怀乡病”表达的并非对过去本身的渴望，而是“现在和过去之间的差异和距离”，“它们都在它们的差异中在场——而正是这种限定允许我们表达过去和现在统一的矛盾”。[1]这种感知在《断章》全诗结束时落实为一种自省的写作意识：诗歌并非“来自哪个幽闭，而是/诞生于某种关系中”。“差异”也好，“关系”也好，都昭示了一种自反的叙事态度，这和八十年代以来中国文学中大量出现的控诉式叙事迥然不同。后者的问题不在于叙事是否真实，而在于它们单调的历史观念和移情的叙述模式将叙述主体不断地塑造为一个真理守护者。直到今天，

[1] F. R. 安克施密特《历史与转义：隐喻的兴衰》，韩震译，第 254、255 页，北京，文津出版社，2005 年。

这类叙述仍大行其道且依旧表现出强烈的排他性。当然，八十年代文学中的历史反思并非全无值得珍视的遗产，比如，某些作品对文革的病理学式的描述，既再现了文学再现和转化特殊历史主题时的困难，又在一定程度上突破了当年那种封闭的历史解释模式。

九十年代诗歌中呈现出的差异性的历史经验，至少是对尚未被历史回收的多重记忆的肯定。如果说前述《断章》还指涉着特定历史遭遇的话，张枣晚期诗作《湘君》（该诗写于2004年，但叙事特征依然属于"九十年代诗歌"范畴）则从记忆/遗忘的逆喻关系切入，触及了某些极具悖反性的当代经验。一对儿时朋友在纽约的咖啡馆聊起长沙往事：红领巾，湘江，鱼翔浅底，"九嶷"牌香烟，另一个死去的同学……。在记忆停顿时，他们盯着咖啡杯底的"漩涡"，那里似乎藏着记忆/遗忘的深邃秘密。个人记忆的真确性尽管可疑，但记忆中意外到来的事物依然唤起一些在历史中失落的东西。现实偶遇了记忆，它们各自因面目相异而相互厌倦，它们各自几经易容但仍然如影子般映照出对方的在场。诗中疑问的声音被推向更深远的地方，"我着急地问，我着急地望着/咖啡杯底那些迭起如歌的漩涡"，诗歌最后一句：

那些浩大烟波里从善如流的死者。

句中词语声音由宏阔变成短促，仿佛有某种力量穿过杯底的“漩涡”消失不见。从“迭起如歌”到“从善如流”，有关倾听的形象和动作随着词语的绵延仿佛沟通了生者与死者，或者说，死者通过杯底旋涡好像在倾听生的世界。这种倾听是“善”的，死者的世界是“善”的，人们对死者的记忆是“善”的。这是对“从善如流”的曲解，不过，诗歌作为一种记忆形式挽留着死者，不正如诗歌在语言中挽救成（陈）语吗？

“死者”是被过早压抑的记忆的一种标识，是从虚空世界倾听着人世并因此界定着人性内涵的力量。“名与命”的隔膜虽然表明了表达的不透明性，但也可能在两者间生成新的张力。“名与命”的这种关系是对现实与记忆的关系的转喻。诗歌叙事中的碎片、细节、引文、玄学，同时也都是诗歌探询和解释世界的方式，是被遗忘的声音搅起的一个又一个“漩涡”。由此，诗歌叙事的自反使每一次表达都成为临时的、可修正的，臧棣说，“永远地/它们仅次于完成”（《银杏树》）。

九十年代后，总有人出于种种原因对“个人”及其相关概念发出攻击，比如，他们会问：历史是真实的吗？个人的经验和记忆是真实的吗？这一切不都是由现代知识体系构造出的某种“深度”幻觉吗？而对“深度”的构造不都是一种权力运作吗？换一个理论场合再问，本地的“小故事”不正是由全球的“大故事”生产出来的吗？将福柯对话语权力的批判解释为对言说本身的权力的批判，这是对福柯的彻底歪曲。事实上福柯不仅一直在书写疯癫者和无名者的历史，海登·怀特甚至还在福柯的书中发现了某种诗学抱负。[1] 同样，后殖民理论中的“大故事”和“小故事”的结构预设一旦被滥用，那么“小故事”将被永远束缚在中心/边缘、看/被看、主体/客体的认识循环中，萨义德将处于这种认知困境中的人形象地称为“局外内部人”。[2] 再进一步说，对“深度”的拒斥，原本也许有一定的历史原因，但也必须看到这种拒斥有可能正在支持新的权力结构。比如，九十年代以来对表面性的历史故事和历史图像的欣快症式消费（尼采批判的历史的滥用形式之一），不正适应着新的权力关系吗？[3] 对“深度”个人的批判，不也与曾经有过的“新人”理想存在某种隐曲的关联吗？

正是历史让我们感悟到我们是旧人，由此我们也更能理解九十年代诗歌概念“中年写作”所包含的时间量度意识：“它可以持续到来，可以一再重复”（欧阳江河），“他给他对自身的探索找到了计量学的、能够检查的途径”（肖开愚）。[4] 这里的

---

[1] 海登·怀特《解码福柯：地下笔记》，《后现代历史叙事学》，陈永国、张万娟译，第 249—250 页，北京，中国社会科学出版社，2003 年。

[2] 爱德华·萨义德《东方主义再思考》，转引自阿什克洛夫、格里菲斯、蒂芬《逆写帝国：后殖民文学的理论与实践》，任一鸣译，第 19 页，北京大学出版社，2014 年。

[3] 尼采《历史的用途与滥用》，陈涛、周辉荣译，刘北城校，上海人民出版社，2005 年。尼采主要批判追求科学性和客观性的历史主义，但也指向“怀古的历史”对历史的压平使用。（第 23 页）

[4] 欧阳江河《1989 年后国内诗歌写作：本土气质、中年特征与知识分子身份》，《站在虚构这边》，第 57—58 页；肖开愚《90 年代诗歌：抱负、特征和资料》，《最新先锋诗论选》，第 342 页。

“重复”和“计量”意识，更接近基尔克郭尔说的那种“给予自己‘去生活’的时间”的勇气。[1]“重复”和“计量”意识是对某类幻觉——如主体的一次性完成——的否弃，它确实保有“深度”，但那不是认识论层面的深度，而首先是最低限度的个人生命史意义的深度，是早就在“诗史”背景中站着的那个人的精神深度。

三

对任何人类种群来说，诗歌叙事都是他们文化记忆的一部分，正如中国古代除了拥有漫长的修史传统，还有强大的“诗史”传统。诗史确立了诗歌叙述生活和存续记忆的功能，从而也成为了宇文所安所说的中国古典诗歌“追忆”母题的一种恰当载体。“追忆”的精神不属于寂静的好古主义，而是文明的一种传递途径。它预期了自我终将被后世追忆的伦理欲求，且常常伴随着骚动不宁的激情。这种激情反映了时间流逝的伤痛，也是历史无常带出的一种颓败意识——“追忆”者担心“追忆”被彻底中断的那种惶恐。[2]中国现代历史的“大变局”将一个文明内部的危机感，转化为面对现代世界时的更剧烈的“震惊”体验，

[1] 索伦·基尔克郭尔《重复》，京不特译，第 3 页，北京，东方出版社，2011 年。

[2] 宇文所安《追忆：中国古典文学中的往事再现》，郑学勤译，第 19—39 页，北京，生活·读书·新知三联书店，2004 年。

这赋予二十世纪上半叶的中国文学一种整体的“悲凉”风格。[1]社会主义文艺的崇高美学试图修正、删除文学的“悲凉”，但最终在八十年代显露了分裂甚至崩溃的一面。九十年代诗歌叙事，正是对这一面的回应；某种意义上说，这确实是向“诗史”和“追忆”传统的回归。

米沃什曾说：“人用废墟中找到的残余来建造诗歌。”[2]在他早期的一首诗《废墟中的一本书》中，二十世纪的历史残余转化为各种声音形象，从图书馆废墟下的一本书中被记起：人间最初是宁静的，乐器“颤抖”，舞曲“缭绕”，公园大树的“瑟瑟”声压低了它们；在鹅毛笔的“吱嘎”声中一座城市升起，招牌“铿锵”，公共马车“隆隆驶进”，革命的声音因几世纪的复仇而“震颤”不已；随后，手榴弹射穿歌唱者，死者脚步的“回声”缠绕不去；当这一切都结束，工人们切着面包，“一辆坦克/将及时轰隆而过，一辆电车伴响着。”[3]一本书留住的琐碎的人世之声挽救不了一座图书馆的记忆，甚至也不是对毁灭本身的立此存照，米沃什在此重复但反写了马拉美的“世界归于一本书”的理念。经历了二十世纪诸多残酷历史事件后，马拉美的这本唯一之书如果仍然是可构想的，那也不得不首

[1] 参见钱理群、黄子平、陈平原《论“二十世纪中国文学”》，收入《二十世纪中国文学三人谈·漫说文化》，北京大学出版社，2004年。

[2] 切斯瓦夫·米沃什《诗的见证》，黄灿然译，第133页，桂林，广西师范大学出版社，2011年。

[3] 切斯瓦夫·米沃什《废墟中的一本书》，收入《拆散的笔记簿》，绿原译，桂林，漓江出版社，1989年。

先考虑如何在其内部容纳无限的沉默之声。换言之，它不再是一本“在……先”之书，而只能是一本“在……后”的寂灭之书。

图书馆废墟是文明被湮没于其中的一个虚弱的地点，只有在这个虚弱的地点，声音的记忆（它们依然保存着某种不可叙述性）才能短暂回归人类生活。米沃什在诗中继续写道：“只有当两个时代，两种形式连在/一起，它们的易读性/被干扰时，你才看到不朽/同现在并无多少不同/而且为了现在的原故。”为了“现在”，记忆首先要以一种间断的声音干扰那些易读的历史，这一思想可联系到本雅明的“现在/此刻”范畴，后者在《柏林纪事》结尾处写道：

> 一个人在讲到经历的事件时应该像是呼唤唤醒的回声，一种似乎在往昔生活的黑暗中听到的声音。假如没有弄错，瞬息进入已然活跃的意识的冲击是以声音的形式敲打我们的。那是窸窸窣窣轻叩的字词，有着魔术般的力量，将我们带入很久以前冰凉的坟墓，“现在”只能从墓拱那儿以回音的形式返回。[1]

本雅明在“现在/此刻”中所截取的回音有着更为积极的历史创造意义，奥斯本从“回忆的政治”角度阐释说：“本雅明的此刻总是‘特定的承认可能发生的’的此刻。蒙太奇可以既不是

[1] 本雅明《莫斯科日记·柏林纪事》，潘小松译，第252页，北京，东方出版社，2001年。

方法论的，也不是武断的；它是实验性的。汰选由严格的认知标准控制着：把在现在中‘真正新异’的东西揭示为它所包含的可能性的标识。根据现实化的观念，此时此刻把历史的意义揭示为具体的可能性。”[1] 当遗忘已被刻意植入时代的集体记忆中时，记忆本身就成为一个真实的政治问题。但是，被压抑的记忆并不因此就天然正义，本雅明说：“没有一座文明的丰碑不同时也是一份野蛮暴力的实录。正如文明的记载没有摆脱野蛮，它由一个主人到另一个主人的流传方式也被暴力败坏了。”[2] 前一层意思早已为人熟知，但今天我们更应领会后一句的意味：黑格尔的主人/奴隶逻辑移入有关历史记忆的论题，不仅暗示了记忆与正义关系的吊诡性，[3] 更重要地，正是这一吊诡逻辑支配着

[1] 彼得·奥斯本《时间的政治——现代性与先锋》，王志宏译，第 212 页，北京，商务印书馆，2004 年。另参见弗莱切《记忆的承诺：马克思、本雅明、德里达的历史与政治》，田明译，第 50—57 页，上海，华东师范大学出版社，2009 年；理查德·沃林《瓦尔特·本雅明：救赎美学》，吴勇立、张亮译，第 261—271 页，南京，江苏人民出版社，2008 年。

[2] 本雅明《历史哲学论纲》，汉娜·阿伦特编《启迪》，张旭东、王斑译，第 269 页，北京，生活·读书·新知三联书店，2012 年。

[3] 弗莱切在《记忆的承诺：马克思、本雅明、德里达的历史与政治》中提示，本雅明从未二元对立地处理历史优胜者与被压迫者的关系，在两者的斗争到来之前“没有一个标准能够将压迫者与被压迫者之间做出明确划分”。（第 231 页）再举诗人为例，布罗茨基评论阿赫玛托娃：“作为一个主题，死亡是诗人伦理的绝佳试金石。这种‘纪念’题材常常被用于行使自怜或作形而上学之旅，隐含生者下意识地觉得自己优越于死者，大多数人（生者）优越于少数人（死者）。阿赫玛托娃完全不是这样。她使她的死者特殊化而不是普遍化，因为她为少数人而写，这使她在任何情况下都较容易认同他们。她无非是继续把他们当成她认识的个人，而她亦能感到，他们不愿意被用作通往某个目的地的出发点，不管那个目的地多么壮观。”布罗茨基《哀泣的缪斯》，《小于一》，黄灿然译，第 40 页，杭州，浙江文艺出版社，2014 年。

当前中国社会就历史身份问题展开的诸多争执，那很像一场幻术游戏，诗歌很早就说破了其中的秘密：

长夜里，收割并非出自必要
长夜里，速度应该省掉

而冬天也可能正是夏天
而鲁迅也可能正是林语堂

（柏桦《现实》）

……圆手镜
亦能诗，如果谁愿意，可他得
防备它错乱右翼和左边的习惯，
两个正面相对，翻脸反目，而
红与白因“不”字决斗；人，迷惘，

照镜，革命的僮仆从原路返回；
砸碎，人兀然空荡，咖啡惊坠……

（张枣《跟茨维塔伊娃的对话》）

“革命的僮仆从原路返回”，反照出人的主人/奴隶的双重面孔。围绕“鲁迅”形成的话语，正制造着（内嵌于）有关“林语堂”的话语，反之亦然。这一切都像是“圆手镜”造出的回路游戏。历史领域不是真理的储藏室，但历史中那些晦暗的、禁忌的事物从来都构成对现存秩序的反驳。诗歌叙述的经验和记忆，正如“人兀然空荡”的命运悬置，或如“名与命”的无定形状态，它们尽管只是碎片，但是保留着从“圆手镜”爆破出来的希望。诗歌中作为他者的“死者”，它们不是谁，它们是一向的、从来的身体或精神的被褫夺者的鬼魂，在诗句“那些浩大烟波里从善如流的死者”的起伏的声音中，最终汇入无尽的时间记忆中。

第四章

“民间”，想象的空无之地

先锋诗人在进入九十年代的过程中，并非都自觉地寻求写作的变化，一些诗人延续着他们在八十年代的诗学观念，继续挑战性地寻找着自己的对立面。他们倚重的诗学概念（口号）被界定得似是而非，但又都汇集在“后现代主义”名下制造着惊人的效果，更像一种诗学噱头。

韩东诗歌（除部分诗作）其实与这类概念有一定的距离，他的诗是一个努力看见“虚无”的过程，由此，诗歌意识内含着一种晦暗的否定性力量。而在另一些诗中，韩东诗歌包容了更广泛的社会生活素材，这方面的突破和尝试与九十年代诗歌的整体变化一致。于坚在九十年代坚持“拒绝隐喻”，他诗中追求的“语言还原”，常常逆用某些旧意象的象征方向，使一些诗歌的文化构造程序暴露出来。但这种写法本身具有鲜明的寄生性，将某种可预期的阅读效果演变为写作技巧，其实更充分地利用了隐喻。他的事件诗同样依托一个先在的话语背景。在《0档案》中，他揭发了“档案”结构对人的严密控制。“档案”是个有弹性的牢笼，随着被记载者生命的扩展不断扩展着它自己的骨架。但人的生命中还是留有逃逸的因素，牢笼中还是有别的声音发出。《0档案》的非反讽性破坏了它的写作野心。

民间派的诗学观念建立在本质主义之上，为此，他们在诗歌争论中所能援引的大都是空泛如“绝对价值”“绝对标准”这类概念。与其说，这些概念是用来解决诗学分歧的，不如说只是借此寻找一个主体腾挪的空间。九十年代末，他们对“民间”的创造，就是这样的一片想象的空无之地。这个空间的体量并不输于八十年代文化史诗中的框架，比起后者，还更加抽象更加不可描述。“民间”不是一处精神的“异托邦”，它仍是一个意念的乌托邦。“民间”内涵的变异无常，投射出那个看似已融合了“外部”和“内部”的社会在主体问题上的整体不安。

第一节　虚无和虚无的深度

一

韩东八十年代的诗歌一直被视为“反文化”“日常性”“口语化”的代表。从语义上说，这些特征似乎与现代文学对文学本体的追求相去甚远（反讽的是，韩东提出的“诗到语言为止”却经常被视为先锋派语言自觉的标志之一），但从挣脱政治束缚争取写作自由的文化态度上看，两者其实属同一阵营。而且就文学形式而言，韩东的诗歌也并不缺少更精致的考虑，或许，“反文化”的背面正是“文化”，“口语化”也正是语言洁癖的另一种征兆，由此出发，我们也许更容易理解韩东的如下说法：“第三代诗歌中真正有意义的诗人正是那些对‘第三代诗歌’这一概念进行背叛的人。”[1]

韩东的《有关大雁塔》常常被当作杨炼《大雁塔》的对立面，

[1] 韩东《第二次背叛：第三代诗歌运动中的个人及倾向》，《韩东散文》，第 128 页，北京，中国广播电视出版社，1998 年。

后者作为一种“前理解”作用于前者，但是阅读效果层面的阐释无法解释诗歌构成上的众多问题，如果仅仅是“反文化”“反崇高”，一首单纯的有关大雁塔的风景诗就能胜任，不同诗歌之间即使存在文化态度上的对立，那首先也是诗歌语言和形式层面的对立。《有关大雁塔》呈现了一种情境：人对“英雄”行为的重复模仿。重复本身表明了趋近某种意义的愿望，而单调、笨拙的重复形式又在暗中取消着意义的严肃性。某些词语的选择也达成了同样的效果：“也有有种的往下跳/在台阶上开一朵红花/那就真的成了英雄——/当代英雄”。这里的“英雄”只是一个奇观造型，“当代英雄”，莱蒙托夫那本因“多余人”形象著称的同名小说反讽性地构成了该诗的潜文本。叙述中各要素的相互牵制赋予诗歌形式某种平衡感，在意义上，它提供了一个充满歧义的场域。它既不是“文化”的也不是“反文化”的，整首诗的絮叨的语调和结尾处的视角转变（从旁观视角转入作为行动主体的“我们”的内在视角），都透露了诗人对荒诞世界的同情。诗歌并没有塑造也没有召唤真正的“当代英雄”，它空出了意义。

诗歌在此涉及的是一种有关意义的想象，所谓韩东诗歌的日常性，绝不只是题材或风格层面的问题，它因容纳虚幻而构成对日常逻辑的否定，就如他诗中描写的合唱队最后一刻的变化：“她要唱的这支歌课文一样通顺/所习惯的表情也像一个好学生/只是在最后一刻/（为什么？）/改变了歌词/空白或最轻微的惊吓”(《女声合唱》)。虚幻是日常情境显出的阴影面，是视角转折带来的奇异洞察：

等我终于写完最后一页
这只鸟儿已不知去向
原来的位置上甚至没有白云
一切空虚而又甜蜜

（《写作》）

你从一个最低点怀念一个最高点
感到如此脆弱、被排斥
你让所有的一切（包括你）
围绕一个幻影而生活

（《信》）

位置被抽空，或者目光上下左右移动，这是意识对世界的想象性重组，是试图抓住从世界结构中逃出来的幻影。同时，这也是对写作的一种自我指涉：写作就是创造虚无，诗人则不断地在“弃绝自我”：“弃绝自我不仅是诗人们在其神奇的写作中所一再体会和经验的，同时也是贯穿东方艺术始终的最高的精神原则”，“在自我的扩张之处我们并不能碰到诗，诗是诗人们放弃自我的结果。……诗歌选择诗人，并通过诗人而出生，诗人不过是诗歌的生产渠道。”[1]

九十年代，韩东诗歌依然表现出对世界和写作的虚无主题的浓厚兴趣，如《在湖边写作》：

铅笔折断，放大了蚁穴
伟大的文字凸起，带着
夏日坚定的阴影

当他抬起头，云的影象已转到眼球背面

在阴影与光亮、大与小、虚与实、轻与重的辩证中，写作者在一瞬间看见了世界以及自己的言语活动的幻觉性。这其中呈现出的视错觉确实是韩东诗歌的重要特征，他所做的不是对世界延展性的描绘，而是通过拆解对象而使其获得一种扭曲的效果。如果说描绘的连续性可以赋予世界某种统一结构和完整意义，那么拆解后的世界则背离了透视法造出的纵深感，为世界带入偶然和矛盾。尽管它也留出了意义生成和重新感知世界的机会，但它本身不直接生产意义。虚无可被看见，但不能被解释。

[1] 韩东《自述和主张》《关于诗歌的两千字》，《韩东散文》，第 162、169 页。

二

“看”可以达成一种“思”的效应，但语言媒介本身却使其充满悖论。关于语言问题，韩东曾说：“由此，语言之光除了照射世界，还应照射虚无，照向极远处，不可企及之处。条件是净空语言，留出通道。不仅净空语义，最后也将净空语言本身。当然，这是困难的，也是不可能的。但，只有在不可能的向度上，语言才能获得它根本的意义。……看，应提炼成关注。看，依赖于视力。只有关注，最后导致取消自身。……从语言开始，将导向何处？在我这里便是绝对、真理、超自然，并非任何世间实在之物（包括语言）。在有限的时空内，也许只能体会为虚无。虚无，正是真理在世间的永恒的形象。”[1]

韩东对语言提出了严苛的目标，从早期追求“诗到语言为止”和语言的“梦的清晰度”，[2]到这里的净空语义甚至净空语言本身，使他的诗歌语言常常洁净得几乎暴露出表达本身的危险性。正如在《O》一诗中写的：“而一个/词语以前的时刻/记忆的极点/也无法抵达/当我们穿过/完美而空洞的/ O”。当语言被净空，看变成关注时，虚无也就由看的对象转化为看的依据，正如“云的影象转到眼球背面”，虚无就是那种“从内部覆盖视觉

[1] 韩东《关于语言、杨黎及其它》，载《作家》2003 年第 8 期。

[2] 韩东《自传与诗见》，载《诗歌报》1988 年 7 月 6 日；《梦的语言》，《韩东散文》，第 143 页。

的东西”（梅洛－庞蒂语）。[1] 这一语言观的深刻一面依然属于马拉美那个传统，但现在看来，它的表述有相当简单化甚至混乱的一面。比如，语言如何能外在于世界？它何以是透明的因而足以照射世界？所谓净空语言又在如何可能？

与韩东八十年代诗歌相比，他九十年代诗歌的语义转换更加敏捷，那种绝对的虚无感也更加锐利，由“看”引伸开的对意义的想象更丰富、诡秘；更重要的是，某些时候，诗歌中也明显加强了对现实经验的包容。比如《雨季》——

一所房子的四周在下雨
只有一面有窗，提供下雨的景象
主人犹如阴郁的司机
驾车驶过漫长的雨季
经过相同的房屋和侧面
时间的路标已模糊一片
前进，相对于明亮的雨丝和水滴
安全就像盲人眼中持久的白雾

一所房子里的一个人，这是个颇具时代特征的文学景象。虽然置身于私人空间，但主人仍然感受到某种威胁，不是时间流逝，

---

[1] 莫里斯·梅洛－庞蒂《眼与心》，杨大春译，第 41 页，北京，商务印书馆，2007 年。

而是对时间的一种意识形态理解——由“时间的路标”和“前进”暗示出的含义——使安全变得无着落，使人盲目。诗中的“白雾”不仅仅是一种自然现象，而且也暗示了九十年代初的某种迷茫的社会氛围。历史迷雾中的盲动力量，是对“进步”和“个人”神话的双重质疑。（“雾”是韩东诗歌的一个核心意象，还出现在《看》《雾》《冬天的荒唐景色》以及后文谈到的《机场的黑暗》等诗中）

九十年代中期，韩东写了总题为《南方以南》的六首诗歌。这是有关广东的旅行记，记录了浮光掠影的异乡风景——不是透视法原则下的深度风景，而是平面化的拼贴风景。在有关金钱和性的戏剧性情境中，穿插着个人成长史，历史文化想象，以及对爱和道德的零乱的质询。其中一首《在深圳——致一帮朋友》中写道：

我只是来玩乐
请别提醒我太高兴了——难道这不应该？
请别认为我误解了深圳，而需要
领我去瞧打工妹拥挤的宿舍
我宁愿去发廊，见另一类姑娘
请别眼红我加速的堕落
既不是来奋斗，也不试图理解
让我生活在灯红酒绿的表面
好像一条鱼，误认玻璃为海洋

请别对我讲责任，讲底层的欲望
要讲就讲强盗和小偷

诗题中“致……”和诗中“请……”的句式，预设了一个（群）言谈对象，相对于他以前诗歌的言说的封闭性，这里多了一种对话甚至争论的气氛。诗中的“玻璃”和“海洋”是一对反词，它们彼此否定也彼此注解，或者说，一个词的内涵和想象汇入另一个词从而形成更大的语义容量。“玻璃”的人工性和易碎性，与“海洋”的自然性和永恒性相对立，这两者既构成反讽也互为隐喻，对“海洋”的记忆未必就能否定“玻璃”的真实，毋宁说，作为对“海洋”的模仿和替代，“玻璃”性质的幻觉正是“海洋”在今天的最直观最普遍的存在形式。它们同时具备某种意识的纵深感，只是一个是堕落，一个是深邃，所谓“灯红酒绿的表面”，也许就是那个时代最深不见底的本质。

岔开话题，再来看看韩东小说中的同类操作（当然复杂性远超诗歌）。在他的长篇小说《扎根》中，被下放到农村的老作家，为了写作，做了无数笔记，但所记“无非是些乡间俚语、俗语、歇后语和民间谚语，以及三余一队的农业大事、田亩和人口状况”，还有一些是“会议记录、上级传达的文件精神及其概要”。[1] 老作家认真地按字母顺序整理编目这些笔记，最后传给

[1] 韩东《扎根》，第 199 页，广州，花城出版社，2010 年。

了儿子。老作家的笔记本类似本雅明设想的那部由“引文”组成的作品。把它纳入对同一历史的其他形式的书写谱系中时（这个谱系包括：老作家当年发表的“为政治服务”的小说、老作家后来对乡下风景的诗意描绘、《扎根》这本小说对这一历史的重写），它最终以无聊的遗弃物的形式，成为揭示那个时代最内在本性的寓言。这其中的原理，正如上面诗中“玻璃”与“海洋”的关系所显示的，形式本身就是对历史内容的一种错位的、无意识的再现。

第二节　“拒绝隐喻”的隐喻

一

“拒绝隐喻”是于坚八十年代末提出的诗学口号，曾在九十年代产生巨大反响。在他这里，“隐喻”内涵的覆盖面极其广泛：它不仅是中国传统载道文学观的核心，也是二十世纪西方现代主义文学的基本理念；它不仅属于文学范畴，更是中国历史文化的一种结构原型（“谋生技巧”、“专制主义”历史、“整体性”思维、汉语的本质，等等）；它不仅指涉历史，也是中国当代政治和当代文学的基本精神特质（“毛泽东式的思维方式”、革命意识形态、诗人的“形而上学概括”和“普通话”写作，等等）。总之，“隐喻”的思想特征和写作倾向包括：“历史决定论、本质主义、整体主义、迷信、乌托邦神话、玄学、浪漫主义、意识形态、形而上”，以及各种方式的“业余写作”如“青春期的写作、才子式的写作、革命式的写作”。[1] 而他提出“拒绝隐喻”，一方面是为了反思八十年代先锋诗歌运动的弊病，另一方面也包含了对九十年代后市场社会的某种警惕。[2]

“拒绝隐喻”为诗歌设计了一系列理想准则，其中最重要的两点：一是“解构”诗歌“隐喻”语言，二是记录“稗史”和“事件”。[3] 关于语言解构（又称“语言还原”），[4] 于坚在《棕皮手记·拒绝隐喻》中的表述，如：“诗是方法，是纯粹理性的操作。”“诗人不等待灵感，他控制语言。”“诗要言传，不要意会。诗说的仅仅是诗成为诗的语言运动。”“它在一个自由自在的时间中使一个已经完成的隐喻丧失方向，它的逆向的运动使已经凝固的象征发生错位。或者说，反方向的语言运动使已经死亡的词在错位中重新获得了时间感。”[5] 关于诗歌呈现“事件”，于坚更多地从方法和风格的角度出发，强调诸如细节、具体、表象、经验之与写作的意义；[6] 后来，通过部分修正他的传统观，他开始更多地从伦理上阐释日常生活

[1] 参见于坚《棕皮手记·1982～1989》《棕皮手记·1990～1991》《棕皮手记·1992～1993》《棕皮手记·1997～1998》《棕皮手记·拒绝隐喻》，收入于坚《拒绝隐喻》，昆明，云南人民出版社，2004年。

[2] 参见于坚《棕皮手记·1992～1993》，《拒绝隐喻》。

[3] 于坚《棕皮手记·1992～1993》，《拒绝隐喻》，第21—22页。

[4] 于坚总结自己1989年后的写作方向，一是“重视语言本身的还原”，一是“对日常生活经验进行深入的描述”。于坚《抱着一块石头沉到底——答陶乃侃问》，《拒绝隐喻》，第221页。

[5] 于坚《棕皮手记·拒绝隐喻》，《拒绝隐喻》，第132、133、135页。

[6] 于坚《棕皮手记·1992～1993》，《拒绝隐喻》，第22页。这种诗学追求其实也是他八十年代诗歌“非诗”风格的继续，参见于坚《重建诗歌精神的重建》，收入《拒绝隐喻》。

的意义，并由此衍生出一系列带有诗学意味的概念词汇："私人记忆""南方""方言""口语""软""旧"等等，而他找来支持自己诗学的典范的作家作品则有《寻找逝去的时间》《尤利西斯》《红楼梦》《金瓶梅》，卡夫卡、杜甫、张爱玲，等等。[1]

所有这些思路与同时期其他诗人的反思方向大体一致，不过，"拒绝隐喻"在于坚诗中更多地转化为一种写作方法甚至写作模型的设计。在诗作《对一只乌鸦的命名》中，他写道：

深谋远虑的年纪　精通各种灵感　辞格和韵脚
像写作之初　把笔整枝地浸入墨水瓶
我想　对付这只乌鸦　词素　一开始就得黑透
皮　骨头和肉　血的走向以及
披露在天空的飞行　都要黑透
乌鸦　就是从黑透开始　飞向黑透的结局
黑透　就是从诞生就进入永远的孤独和偏见
进入无所不在的迫害与追捕

诗中的这只"乌鸦"，是对另一首或真实存在或假想的乌鸦诗的仿制。诗中视角和语调表现出的间离性，是对那首模糊的"原作"中"乌鸦"的意义生产过程的戏谑和嘲讽。他的所谓语言"控

[1] 参见于坚《棕皮手记·1994～1995》《棕皮手记·1996》《棕皮手记·1997～1998》《棕皮手记·1999～2000》《诗言体》《诗歌之舌的硬与软》，收入《拒绝隐喻》。

制”，就是通过对另一首诗语言的反方向推导，完成自己这一首新诗的语言运行：有时通过暴露词与物的荒谬关系将隐喻从词中剥离出来，有时通过描述事物的平庸面目使语言获得还原效应。最终，语言要从“隐喻”返回到“元隐喻”或“词典的基石”中。[1]

于坚的写法在九十年代初具有重要意义，他对八十年代诗歌形而上想象的颠覆，他既控制又澎湃的语言张力，对于当时先锋诗歌沉闷的整体氛围来说，显出难得的活力。诚如姜涛所说，于坚是九十年代初诗歌整体转换过程中的代表性人物之一。[2]但是，他的偏狭也同样醒目。他所选择的“语言还原”对象大多属于公共象征或传统象征，[3]这不仅限制了诗歌视野的展开，而且对对象的反方向处理，恰好要以了解、吸收它们的正方向内含为代价的。为了写出一朵纯粹植物学的“玫瑰”，你首先要理解另一枝文化“玫瑰”；为了让一只神话之前的“老虎”出现，你首先需要超越另一只神话化的“老虎”。[4]博尔赫斯在其名诗《另一只老虎》中，刻画了一只试图绕过它周围的多重想象的老虎，这大

[1] “元隐喻”语出《棕皮手记·拒绝隐喻》，“词典的基石”语出《答谢有顺问》，分别见《拒绝隐喻》，第125、203页。“词典的基石”指“民间”留存的传统生活和日常语言，但“词典”在他的诗文中经常出现，指词语的被隐喻释义覆盖之前的存在状态。

[2] 洪子诚主编《在北大课堂读诗》，第283页。

[3] 于坚所理解的“隐喻”和“象征”无异，“一个象征或隐喻的建立，也就是环绕着这个象征的一群词的死亡，……诗的张力来自词环绕一个既成象征的错位式的运动中。它既解构了一个象征，它同时也命名了一个新的象征。”《棕皮手记·拒绝隐喻》，《拒绝隐喻》，第132页。

[4] 见于坚诗歌《正午的玫瑰》《被暗示的玫瑰》《我梦想着看到一只老虎》。

概正是于坚意欲借鉴的那种反隐喻的老虎。但博尔赫斯对复原一只更加真实的有血有肉的老虎毫无兴趣，他让它从平庸的隐喻之链一跃而入理念之梦境—— 一个比文学隐喻更高的境界。[1]

“拒绝隐喻”是对隐喻的二度消费，即使他在诗中描写的是现实中的确定事物，它最终朝向的依然不是事物本身，更不是对事物的超越。如他的《在秋天的转弯处我重见怒江》的一节——

所有的污泥浊水　都混进来
膨胀　貌似盛大　丰收
被误解为扩张　被误解为
斗志高涨　被误解为野心勃勃
被误解为　怒江　被误解为
深

在于坚这里，深刻几乎就是“隐喻”的同义词，而“拒绝隐喻”也正是“拒绝垂直性，拒绝价值，拒绝深度”。[2] 但是，因为诗歌的构造依托于另一些深刻文本，这使其具有与后者等值的“垂直深度”。此外，于坚巧妙利用了诗歌被“误读”的可能，为诗歌带来一种新的深度内涵。这也是他从弗洛斯特那里学到的经验：诗

[1] 豪尔赫·路易斯·博尔赫斯《博尔赫斯谈话录》，王永年译，第 27 页，上海译文出版社，2008 年。

[2] 于坚《棕皮手记·拒绝隐喻》，《拒绝隐喻》，第 132 页。

歌的平淡迫使读者追问“真的就这么简单，亦或别有深意？”最终，弗洛斯特诗歌的自然和客观，反而成就了“最具隐喻的诗歌”，[1]于坚评价自己的《0档案》时有类似表述：“人们的困惑和误读反而由于我的明白加深了”，[2]“《0档案》有非常大的象征空间，……恰恰是我最直接地使用了语言”。[3]对“深刻”的阅读期待被提前植入写作构想中，一个翻转了的写作深度构造：“浅”就是“深”。在韩东那里，这个原理转化为某种结构方式，或转化为一种寓言形式；在于坚这里，这个原理仅仅是将某种阅读效果移植到了写作过程。

二

说到底，“拒绝隐喻”并未取消隐喻和深度，语言控制也不是对诗人主体性的限制，相反，返回“词典的基石”使诗人重新获得命名世界的欲望，而这也为于坚近年来重新呼吁诗歌“神性”（“雅言”“诗教”“无”“德”，等）奠定了基础。[4]一边在

---

[1] 于坚《转喻的诗人·读弗洛斯特》，《棕皮手记》，第178、179页，上海，东方出版中心，1997年。

[2] 于坚《棕皮手记·1994～1995》，《拒绝隐喻》，第28页。

[3] 于坚《这个时代缺乏禅意》，《于坚诗学随笔》，第217页，西安，陕西师范大学出版社，2010年。

[4] 参见于坚《棕皮手记·1999～2000》（收入《拒绝隐喻》），《在喧嚣中沉默，自由派诗人的成熟》《“后现代”可以休矣》《这个时代缺乏禅意》《与诗歌有关：从1990到新世纪》（收入《于坚诗学随笔》）。其实他八十年代的诗观就含有“神性”元素，“诗是宗教。一个诗人就是一个上帝。”《棕皮手记·1982～1989》，《拒绝隐喻》，第9页。

坚定地“拒绝隐喻”，一边是主体不断滑向隐喻和神性，这是于坚诗歌最突兀的悖谬。那类叙述“表象”事件的诗也不例外，长诗《0档案》无疑是这类事件诗的代表。《0档案》共分八个部分：《档案室》《卷一　出生史》《卷二　成长史》《卷三　恋爱史（青春期）》《卷三　正文（恋爱期）》《卷四　日常生活》《卷五　表格》《卷末》。有论者评价该诗：它通过对“档案”的仿写，令人震撼地揭示了“档案”的话语暴力如何内化为一种自我约束的力量，即“不是个人在书写档案，而是档案在书写个人”。[1]但我们也应留意到，它的“对于书写的再书写”这一方式本身，因为呈现了“档案”撰写中多重视角的间隔问题而显出更多暧昧性。

于坚曾说要“把小说的东西写成诗。把诗的东西小说化”，[2]用阅读小说的方式阅读《0档案》，也许可以更细致地分析这一问题。大致说来，《0档案》中的叙述人包括：档案中记载的那个人（“0”），他在档案中呈露自我；“0”所处社会关系网络中的其他人，他们“鉴定”“批复”或者“揭发”前者的行为。这两者的叙述都储藏在档案内。此外，还有一个凌驾于前两者之上的全知全能叙述人，他（姑且称“他”）是“档案”内容的阅读者、解密者，更是“档案”的构造者；而且他书写的篇幅远远多于前两者。比如，他能将原本已经删除的《卷三　恋爱史（青春期）》完整复原，使整本档案多增加出一个“卷三”。再如：

[1] 贺奕《九十年代的诗歌事故——评长诗〈0档案〉》，载《大家》1994年第1期。
[2] 于坚《棕皮手记·1996》，《拒绝隐喻》，第32页。

药物过敏史：症状来自医生　母亲等家长的报告

“宝贝”日服 3 回　每次 4—6 片　用药后面部有红斑

“好孩子”日服 3 回　每次 1 片　症状同上　红斑较轻

“乖”（外用　涂患处）涂抹后患者易发生嗜睡现象

“大灰狼来啦　妈妈不要你啦”（兴奋剂）服后患者易眩晕

（《卷二　成长史》）

当然是七点钟　当然是公园门口　当然是眺望与姗姗来迟

当然是杨柳岸晓风残月　当然是两张纸垫着　两瓶汽水

当然是相对无言欲言又止掩口一笑欲说还休却道天凉好个秋

当然是志同道合心心相印　当然是深深地　痴痴地　长长地

当然是摸底　你猜猜　“真的　不骗你”　当然是娇嗔　亲昵

（《卷三　正文（恋爱期）》）

前一节中，叙述者将“0”的一段幼时生活情境组织进“档案”。后一节写“0”的恋爱史，其单调的形式和坚定的语气（前一节也如此）显示了“档案”逻辑对恋爱细节的规训。这些生活情境与其说是“0 档案”的原始组成部分，不如说是全知全能叙述者对档案外“0”的生活的“再档案化”。也就是说，该叙述人既从外部审视“档案”，也从“档案”内部观看生活，他本身其实正是那个“档案”书写机制的代理人。奚密曾敏锐地洞察了这两者间的“轇轕与同谋”关系，并从“语法模拟”的角度强调了模拟者对“档案”本身的解构或反讽意义。[1]《0档案》固然揭示了“档案”机制是如何内置于个人生命中的，但它的叙事方式本身又将生命重新内置于档案中，而且这个新档案比旧档案规模更大、更坚固。也许有人会说，全知全能叙述者的存在恰好反讽性地揭示了“档案”逻辑的强大，但事实上，尽管全诗的局部构造（比如两个“卷三”的对照）确实形成了反讽效果，但反讽在任何纬度上都不指向全知全能者本身。这一点可与韩东的诗歌《甲乙》对比，同样是叙事，《甲乙》结尾处的“这是我们/（首先是我们）与甲一起犯下的错误”对全知全能叙述者本身构成了反讽。更重要的是，《甲乙》全诗中那个摄影机一般的看的机制，始终将诗歌叙述者也将读者置于反讽的位置上。

一般地说，形成反讽的条件是：双方（或多方）处于平等关系中，可以互相质询；如果只有单方存在，只要他（她、它）内部能分裂出两种或多种声音，形成一种既自我表达又自我质疑的局面，反讽依然成立。但《0档案》的全知全能叙述人无论就其位置还是声音来说，都没有释放出反讽内涵。因此就整体结构而言，《0档案》不是反讽的而是嘲讽的。奚密说，“这首诗正是以极端个人的方法来写一个极端非个人——或者说‘去个人化’的经验”，[2]但是，它的另一种可能的结果是：如果“个人的方法”是极端的，缺乏节制和反省的，那么“去个人化”的经验必定是可疑甚至可怕的。

[1] 奚密《诗与戏剧的互动：于坚〈0档案〉的探微》，载《诗探索》1998年第3期。
[2] 奚密《诗与戏剧的互动：于坚〈0档案〉的探微》，载《诗探索》1998年第3期。

第三节 “雾中的陌生人是……”

一

无论是语言的反向推衍，还是在表面故事中制造阅读的深度，于坚诗中的那个主体都拥有了神性权力，他终于走向了他的对立面——作为整体思维方式的隐喻。

于坚曾说过“看”之于自己诗歌的重要性，如，“表象的事件，仅仅到‘看’而不是到心的事件”，“我喜欢把我的诗写得能够‘看见’”。[1] 他从海德格尔哲学中借来的词汇如“去蔽”“澄明”等，在汉语中也都与视觉经验相关，在他的使用中，这些词也都服从于去除隐喻的要求，尽管效果上正相反。他的“看”，是纯粹视觉的、物理的，而在韩东那里，诗歌的“注视”方式中还能分析出某种哲学意味。关于注视与自我的关系，梅洛－庞蒂认为：“这是一种自我，但不是像思维那样的透明般的自

[1] 于坚《棕皮手记·1992～1993》，《拒绝隐喻》，第 22 页；《答〈他们〉问》，《于坚诗学随笔》，第 153 页。

我（对于无论什么东西，思维只是通过同化它，构造它，把它转变成思维，才能够思考它），而是从看者到它之所看，从触者到它之触，从感觉者到被感觉者的相混、自恋、内在意义上的自我——因此是一个被容纳到万物之中的，有一个正面和一个背面、一个过去和一个将来的自我……”[1]于坚诗歌的“看”体现的正是梅洛-庞蒂所讲的那种“关于看的思维”，[2]“看者”与“所看”之间的距离最终导致前者对后者的覆盖和征用。相比较，在韩东诗歌中，“看者”与“所看”的视线融合和转化，并未取消对主体问题的思辨，它们留出了同时从正面和背面、过去和将来这两端展开自我检视和自我反讽的空间。

放在八十年代以来的文化语境中，这些问题的意义会获得更深刻的揭示。八十年代中后期，有关“现代化”的叙事或明或暗地召唤着一个新主体的出现。这一主体不仅关乎个人解放，同时也是一个民族国家自我想象的投影；所以，主体建构过程伴随着强烈的自信和焦虑，这是那时期社会总体能量的象征。先锋文学运动只是这个大叙事的言说通路之一。无论是“朦胧诗”“第三代诗歌”还是先锋小说，它们不仅为这个新主体的出场提供了心理和表达的空间，而且它们本身就是一种塑造出这个主体的重要力量。九十年代以来的社会巨变，在人的精神世界不同程度地造成裂变和痛苦，此前那个充满创造激情的主体

---

[1] 莫里斯·梅洛-庞蒂《眼与心》，第37页。

[2] 莫里斯·梅洛-庞蒂《眼与心》，第63页。

不再是不证自明的了。如韩东在《机场的黑暗》一诗中准确的，“温柔的时代过去了，今天/我面临机场的黑暗”，八十年代先锋诗歌中经常出现的那种静穆的、存在论的“黑暗”，被九十年代喧嚣的、机械的“黑暗”所淹没——

> 热情的时代过去了，毁灭
> 被形容成最不恰当的愚蠢
> 成熟的人需要平安地生活
> 完美的肉体升空、远去
> 而卑微的灵魂匍匐在地面上
> 在水泥的跑道上规则地盛开
> 雾中的陌生人是我惟一的亲爱者

这个“陌生人”，既可能是“我”之外的任一个他者，也可能是“我”的另一个自我。对“雾中的陌生人”的情感认同，传达了叙述者与（内在或外在的）他者沟通的愿望，但“雾”的阻隔使他者面目模糊，“陌生人”的形象需要时间慢慢澄清。在隐喻的意义上，自我和他者之间的巨大鸿沟，这也许是当代文学在九十年代陷入的最大的文化困境。

在这一背景下，于坚诗中的强大主体更像他一贯反对的浪漫人格的重现，一个超越历史语境的幻影，从逻辑上看，这是他的总体性语言观及其诗学理想的必然结果。“隐喻”在他那里不再是一个修辞概念，基于不同的思辨或论战需要，“隐喻”内涵可以任意伸缩；他的语言观同时也是政治观、文化观、历史（传统）观、宗教观以及另一种形式的乌托邦未来观（比如，通过汉语的音、字之辩托出有关汉语的神性理想）。[1] 他所针对的问题在当时社会中不可谓不严峻，但他所有论述都围绕“语言中心论”展开，不仅汉语有不变的本质，而且汉语的本质决定了中国历史文化的总体特征，历史和现实的诸多问题皆有语言根源，解决方案也必须从语言本质中寻求。他的语言观，既是本质主义的，又是功利的实用主义语言观，语言层面的反民族主义者一转身就成了语言的民族主义者。[2]“隐喻”阐释一切，最后却变成阐释的黑洞。

词语和言说的历史一旦被抽空，所谓返回语言的本源也将变得虚妄：语言成了有待重新发明的实体，世界成了有待重新命名的真空，套用现象学术语，这里有强大的主体性欲求却去除了“主体间性”的生成空间。需要补充的是，于坚诗歌对语言与主体的悖谬关系并非全无触及，如，“我把‘落下’这个动词安在它的翅膀之上/它却以一架飞机的风度‘扶摇九天’/我对它说出‘沉默’它却伫立于‘无言’”（《对一只乌鸦的命名》），只

[1] “音”“字”之辩和“神性”理想，于坚《在喧嚣中沉默，自由派诗人的成熟》，收入《于坚诗学随笔》。

[2] “在今天，这一立场（真正意义上的知识分子立场——引者注）还意味着他既不是什么‘国际主义者’也不是什么‘民族主义者’，这两种身份在‘媚俗’上完全是一样的。”于坚《棕皮手记 · 1992 ～ 1993》，《拒绝隐喻》，第 19 页。“汉语，是汉语诗人惟一的、最根本的‘主义’、‘知识’。因此，他只能是民族主义者。”《〈于坚的诗〉后记》，《拒绝隐喻》，第 162 页。

是这样的反讽，在他诗中太罕见了。

九十年代以来，于坚在论说语言的本质时经常借助海德格尔的概念，更确切地说，是未加反思地沿用了八十年代对海德格尔的理解，即“诗化哲学”范畴的理解；但其实，海德格尔的语言哲学并不缺乏历史性因素。[1] 从思想资源到写作实践，于坚都以他所批判的八十年代方式回应着九十年代的问题。这样讲并非暗示人们九十年代对海德格尔的解读就更接近真实的海德格尔。不同年代都会基于各自的意识状况形成对西方的误读，诗人当然也不必像思想家那样正面回应思想论争，但这种误读的相互交织和辩驳，也正是历史地形成九十年代思想脉络的基本途径。对个人而言，如果他坚守的立场排斥了两个时代思想辩难的丰富信息，如果他只忠实于虚幻的语言本质而不是语言的历史性，那么他个人写作的语言韧性将会不断减弱、变脆。

这一论述可能给人留下进化论思维的印象，对此需要进一步辨析。从长时段历史看，进化论文学史也许只是一种历史虚构，确实无法提供评判文学价值的恒定标准，但从短时段历史看，进化论的文学眼光也未必全无道理，比如就百年来现代汉语表达的稳定性和表达能力的拓展来看，四十年代文学的整体

[1] “在海德格尔看来，对语言本质的思的经验只不过是对从事变到人的说话的运动过程的揭示。语言能够赋予澄明，因为（原文‘顺为’，疑为‘因为’——引者注）它在其本质中就是给予着的事变。海德格尔思想中不可或缺的历史性因素也在这里出现了。”比梅尔《海德格尔》，刘鑫、刘英译，第 154 页，北京，商务印书馆，1996 年。“事变”（Ereignis）也译作“事件”，后来通行的汉译为“大道”（见孙周兴译本）。

成就超越了二三十年代。[1] 如果这一判断成立，如果承认现代汉语仍是未成熟的语言形态，进化的视野其实就已暗含在其中了。至于何为现代汉语的成熟形态，这一问题必须被搁置起来，即不能先行预想它，不管是回到“词典的基石”去挖掘，还是参照其他语种的情况设想它的未来。前者是一种反方向的进化论，后者则错将理想的语言当作汉语写作的前提。成熟的汉语形态只能诞生于具体的写作实践和历史，就此而言，人们自然期待现代汉语在每一代作家手中呈现出超越前一时代的迹象。九十年代以来，孟浪的现代性景观在中国社会的迅速展开以及由此引发的思想论争，为汉语写作再次提供了拓展语言疆域的契机，就先锋诗歌来说，如何调整主体姿态以回应狂躁的现实处境，如何重新选择、阐发西方和本土的文学资源，如何探索一种更有张力的表达形式，这不仅关涉具体历史语境中先锋诗歌的先锋性问题，在是否有能力持续地向未来开放自己这一意义上，它们甚至是关涉先锋诗歌自身命运的问题。

[1] 最近亦有学者认为四十年代年轻作家（如赵树理、孙犁、张爱玲、钱钟书、穆旦、路翎）的崛起，“确实改变了整个中国文学的面貌，使大多数二三十年代成名的中老年作家黯然失色。中国文学在抗战以后第六七个年头真正进入了一个新时代。”在语言上，他们的创作是现代中国各种语言探索的一次集中“实现”，是“中国文学语言的一次短暂的凝定。”郜元宝《1942 年的汉语》，《汉语别史——现代中国的语言体验》，第 225、252 页，济南，山东教育出版社，2010 年。如果不限定年龄和写作体裁，这份名单还可扩大，如卞之琳和冯至的诗歌、袁可嘉的诗论等。

二

受西方“语言学转向”各种思潮的影响，八十年代先锋文学获得了自觉的语言意识。语言意识不仅在本体上为文学提供了一个可以替换反映论文学观的选择，也为新主体的确立寻找到一种更自由的空间。韩东的“诗到语言为止”虽然不是对这一意识转变的最早表达，但棒喝式的炫目表达最终使其成为“第三代诗歌”语言自觉的箴言。“诗到语言为止”强调的是语言“呈现自身”，[1]而写诗则是“为诗的构成”而写，“就像瓦匠盖房子并不考虑由谁来住——他为房子的标准而建造”。[2]九十年代后，他又推进了这一观点：“诗歌是天才的事业……写诗的人从来都是听凭天意的，他所做的努力不过是等待和顺应。”[3]（于坚的类似说法如：“诗在未诉诸语言之前，必在某处存在着，必有自己完整的结构”；“诗说的仅仅是诗成为诗的语言运动”。）[4]诗歌的浪漫“天才论”与“瓦匠”式的“建造”论看似冲突，但在诗自身成立这一意义上并不矛盾。一方面，语言作为工具一直在沟通着看和看的对象；另一方面，语言本身又是自我呈现的。“我”一直在弃绝自我，但“我”以别种形式（可能还是更伟大的形式）继

[1] 韩东《自传与诗见》，载《诗歌报》1988 年 7 月 6 日。

[2] 韩东《通讯采访韩东》（采访者肖沉），《韩东散文》，第 326 页。

[3] 韩东《等待和顺应》，《韩东散文》，第 152 页。

[4] 分别见于坚《棕皮手记 · 1982 ～ 1989》和《棕皮手记 · 拒绝隐喻》，《拒绝隐喻》，第 9、133 页。

续保留着。

这种纠葛又移到了另一对概念中，“虚无”和“真理”。语言自我呈现的最高体现就是“真理”和“虚无”，在韩东这里，它们是同一个范畴：“虚无，正是真理在世间的永恒的形象。”[1]他在另一文章中写道：“诗作为真理的资格不在于对事物的认知，它本身就体现了这样的原则：事物只能是它自身，最正确的是它自身。作为认识工具，诗只是偶尔碰上真理的，其意义远不如它本身就是真理重要。”[2]正如前面论述过的，如果“虚无”正是写作和语言的本质，这里的逻辑就变成：我经由语言最终触及了语言的虚无。手段和目的，“建造”性和“非操作性”，“看者”和“所看”，“我”的显现和“我”的弃绝，这些概念都合二为一，循环往复地诉说着主体无处可去的苦涩。

“虚无”是韩东文学观的一个重要概念，除了写作的虚无性，它的另一层所指是彻底的“怀疑精神”。[3]“它针对的是确信者、神话或谎言，是保证我们不在途中停留的基本可能。它容纳我们的犹豫、矛盾、焦躁和畏惧。”[4]这一层面的“虚无”很快转化成一种空间构想，或者说，“虚无”反映了某种空间格局中文学的脱序冲动，这在九十年代末有关“断裂”和“民间”的论争中

[1] 韩东《关于语言、杨黎及其它》，载《作家》2003年第8期。

[2] 韩东《通讯采访韩东》，《韩东散文》，第328页。

[3] 韩东《清醒的文学梦——韩东访谈录》（采访者林舟），《韩东散文》，第311页。

[4] 韩东《怀疑与确信》，《韩东散文》，第233页。

非常清晰地显现出来。“断裂，不仅是时间延续上的，更重要的在于空间，我们必须从现有的文学秩序之上断裂开”，“有必要在与我们同时间的作家中坚持空间上的划分，明确分野，绝不暧昧”；而“断裂”之后，足以标识自我身份和形象的是对文学“绝对的目标”的信念，即一种与平庸的写作相对立的“追求真实、创造、自由和艺术的理想”。[1] 同样，“民间”也包含着对文学绝对价值和绝对标准的执着，同时还隐含着一种相似的空间性想象：“民间”既反抗“官方”（“体制”）、“西方话语优势”和“市场”，也拒绝认同“边缘”和“非主流”。[2] 同时期，于坚所论述的“南方”语言与“北方”语言对峙，思维中《0 档案》式的整一结构，回到“没有时代的民间”的诉求等，[3] 也都属于一种想象性的文化空间构筑。

无论“断裂”还是“民间”，都试图以空间想象的方式注解文学的绝对目标，而这个空间本身又只是一片虚幻的场地，它以它不是什么来确定自身的位置和内涵。最终，它的样态巨大无边，它的精神渺小无力。针对现代诗的“非个人化”趋势，查尔斯·泰勒曾如此评价艾略特《J. 阿尔弗雷德的情歌》：“我们通过形象把意义变成三角形”，“非中心化不是内在化的代替，而是它

[1] 韩东《备忘：有关“断裂”行为的问题回答》，载《北京文学》1998 年第 10 期。

[2] 韩东《论民间》，杨克主编《1999 中国新诗年鉴》，第 476、473 页，广州出版社，2000 年。

[3] “没有时代的民间”，见于坚《当代诗歌的民间传统》，收入《于坚诗学随笔》。

的补充。”[1]“意义的三角形”，这个最基本最稳当的几何形式，也许正可以形容某些“民间派”的写作：它完满充实但又局促单调，它是一个荣耀的主体生长空间，也是一个主体受困的逼仄空间。

八十年代先锋文学呈现出的巨大激情和创造力，作为“反对者”（对五十到七十年代文艺的反对）的先锋派借助西方现代文学资源，喜悦地打开了一个外部空间。这个空间不仅激发了诗人强盛的想象力和创造力，同时还承载着当时人们的其他诉求。它的内涵至少是可构想的，比如西方世界、物质生活、现代主义文学、世界文学，等等。九十年代以后，体制的压抑性力量依然强大，但在文学能力上，体制文学其实已是先锋文学的一个不匹配的对手。同时，原来的所谓“外部”几经变形，似乎也转化成了中国的“内部”景观，两种空间之间的张力不仅消失殆尽，甚至彼此构成一种镜像。新的对立面只能在“内部”虚妄地被强行创造出来，这大概是九十年代中后期部分诗人表现出“空间”站位焦虑的原因之一。就九十年代的历史情境来说，詹姆逊论述文化上的“超级空间”时指出：“人的身体和他的周遭环境之间的惊人断裂，可以视为一种比喻、一种象征，它意味着我们当前思维能力是无可作为的。”[2]虽然詹姆逊所处的特定论域与当代中国语境差异甚大，但那种空间迷失感却十分近似。九十年代以来中国社

[1] 查尔斯·泰勒《自我的根源：现代认同的形成》，韩震、王成兵、乔春霞、李伟、彭立群译，第 728、729 页，南京，译林出版社，2001 年。

[2] 詹明信《后现代主义，或晚期资本主义的文化逻辑》，《晚期资本主义的文化逻辑》，陈清侨等译，第 497 页，北京，生活·读书·新知三联书店，1997 年。

会的大规模空间变动和混沌的时间（历史）意识，造成的不仅是人的身体与环境的断裂，更是社会心理上的深刻断裂，民间派诗人表现出的彻底的否定姿态，正是这一困境在诗歌中的反映。

抛开文学秩序之外是否还有别的文学空间这一疑问不说，以对立面为参照，经常会促成一种比喻意义上的“反题写作”，比如相对于某种文化（典籍）意味的诗歌，出现了另一批有关“身体”（不仅是主题意义上的更是感觉方式意义上的）的诗歌；相对于以书面语（论战中出于不同意图有时又指代“普通话”“翻译体”等）写作的诗歌，出现了另一批口语诗（糟糕的时候是“口水诗”），这其实是对先锋精神的自我抑制。同一空间内的空间细分，尽管从寻求身份认同和争取“象征资本”的层面看有其不得已的背景甚至合理性，但根本上，它无法从更大的社会文化空间中获取思想资源和支撑，它只是一种空旷的意念构想，所谓“理想”和“自由”显得既矛盾又空疏。此外，过度强调空间分割也使他们缺乏一种时间和历史维度上的自我反思意识。历史是先锋派的敌人，但一种必要的历史视野又是保持其先锋性的前提。这首先要求先锋派具备一种历史化地处理自身写作实践的能力，因为先锋派恰好诞生于“艺术开始从历史观来思考自己之时”（马西莫·邦特姆佩利语）。[1]

当然，不同诗人之间的差异也非常明显，就从语言、主体

[1] 转引自雷纳托·波吉奥利《先锋三论》，周宪编译《激进的美学锋芒》，第167页，北京，中国人民大学出版社，2010年。

和空间这些基本概念来说，于坚赋予它们凝固的意涵从而使它们成为封闭的、本质性的大概念；在韩东那里，这些概念是借以编织言路的概念结点，它们的所指本身还保持着灵活性因而可以被重新赋予意义。新世纪以来，韩东的写作观念发生了微妙的变化。“八十年代学艺期间，弗洛斯特的一句名言之于我如雷贯耳，他说：诗即是翻译中失去的那部分。在我看来这是形式主义的最好表达。诗歌，乃至整个文学追求的便是这不可转译的语言上的意味深长。进入新世纪后，博尔赫斯的另一句话同样令我心神俱震，他说：伟大的作品是经得起印刷错误的。在我看来，这是意义表达的简洁宣言。”[1]“所谓小说见证历史并非如一面完好的镜子，而是如破碎的镜子，在历史中碎裂、拼凑、缺损以及互相映照。当然，我所说的历史绝非某种宏大叙事，也非个人的喃喃自语，而仅仅是时间。”[2]“我认为，一个小说家，有责任连接历史与想象，连接真实与虚构，在二者之间架设一座交汇的桥梁。”[3]对“意义表达”的肯定部分地纠正了单纯的“虚幻”追求，历史和时间层面的思考也逐渐进入写作视野，这些变化一定程度上打破了意识封闭。那个等待中的亲密的“陌生人”也许是永不到场的戈多，如此，先锋派在今天的一个重要使命就是：穿越历史之雾，使自己重新成为那个陌生人。

[1] 韩东《〈扎根〉及我的写作》，载《作家》2003 年第 8 期。

[2] 韩东《此呆已死》“后记”，上海人民出版社，2009 年。

[3] 韩东《知青变形记》“代序”，广州，花城出版社，2010 年。

结　语

在当代文学研究领域常常表现出一种热忱的历史区隔意识，每十年或更长一段时期的文学状况被收缩在某个历史概念中，表明上时段的结束，并为下时段开启希望。这一观察方法自有其合理性也有其不得已的原因，但也时常给人一种草率处理历史的印象。“九十年代诗歌”概念的提出亦如此，它反映了急切地摆脱八十年代写作实践及其背后的思想原理的愿望，九十年代诗歌面相也确实呈现出某些不同特征，但是以此认定八十年代乃至更早前的社会思想意识已获得清算，已彻底退场，却显得过于简单了。

就诗歌写作的资源来说，八十年代确实更像一个现代主义泛滥的时代，相关的论述文字和表态文字汗牛充栋，以至于九十年代到新世纪以来，现代主义在一些人看来已经成为中国当代文学亟待解决的体制性弊病。这一思路包藏着某种文学进步论思想，也反映了人们急切地使用新知识（如后现代主义）时的荒谬。在本文看来，许多情形下，八十年代诗歌恰恰是浪漫主义在“现代主义”名目下的最后爆发。这个浪漫主义，不仅仅指那种强烈、夸张的抒情冲动，也殊异于西方十八世纪末到十九世纪中叶的那个浪漫主义运动。它的根源至少应该从当代思想遗产中去解释：乌托邦、“时间开始了”、世界革命、“新人”……八十年代对现代主义的介绍不能说不热切，但人们在精神层面也许更易接受那批被重新开放的“消极浪漫主义”作品，“消极”也促使年青一代迅速抓取了现代主义美学中那部分“颓废”的取向，然后共同组构起当时诗中的意象和幻觉，那不过是一个将逝未逝的世界的返顾。

当然，浪漫主义与现代主义本身有千丝万缕的关系，但现代主义首先是对浪漫主义的克服，尤其是对于某种过于恣肆的主体性的克服。正因为缺乏了这一维度的自觉，八十年代的“史诗”依然迷恋历史新纪元的开启，即使那些标榜“嬉皮士”式的写作，热衷于描摹“冷风景”的写作，同样也缺少对自恋主体的警惕。在他们的姿态和写作中，展露出一个庞大小我的自由和虚无，那是上时代遗落下来的精神碎片，碎片上挂着对整体的无尽眷恋。

这个宏大主体迟迟未能得到反思，一个重要原因是中国近现代以来民族/国家议题与个人概念的紧密结合。放在长时段历史看，个人被结合在民族主义话语中与中国现代处境不无关系，但进入九十年代后，在那个整体性的社会规划已发生偏转的情况下，无所附着的个人就被抛向资本的洪流中，形成了如社会学家所说的那种“没有个人主义的个体化”状况。[1] 相比较而言，九十年代诗歌写作对当代思想的一个重要贡献就在于“反讽”的真正出场，不是修辞意义上的反讽，而是对写作作为自我关照、自我指涉的那一层面的开掘。它同样可能转化出一种新颖刺激的写作游戏（也仅仅是游戏而已），但在叙事、戏剧性、“及物写作”、“中年写作”、“历史的个人化”等概念中，都包含某种反讽的自醒。它虽未必能有效地为个人主义提供新内涵，但毕竟撬动了那个未经充分反思的主体性的构造原理。

对现代主义的探究最终会引向人们对当代文化处境、历史命运等重大问题的思考（这大概也是某些人贬低、拒斥现代主义文学的心理动机吧）。经由反讽的启示，我们可以迂回回溯更遥远的文化思想基础，这或许是当代人接受、理解传统——无论是中国传统还是西方传统——时无法逃避的道路，也只有在此过程，我们才能将我们自己的“何以变成这样”的问题历史化。在九十年代，现代主义不是体制化、僵化了，恰恰是其较充分地展示出活力的一个时期，文学史家所说的八十年代接续了四十年代的现代主义传统，这一判断也许用到九十年代更恰当些。当然，九十年代诗歌并未构成什么全然崭新的时代，在其内部，在“词与物”的颠三倒四中，也曲折地反映出与上时代的精神勾连。语言的自循环，元语言的探掘，都是那个不肯退

[1] 参见阎云翔《中国社会的个体化》“导言：个体的崛起”，第1—29页，上海译文出版社，2012年。

场的历史思维戴上的新面具。

九十年代个人的碎片化、虚无化让许多学者惋惜，引出对集体生活的无限怀念和对它的拯救性阐释。病灶看得很准，但疗治方式难让人信服。阅读有关十九世纪思想史、浪漫主义历史的著作，总会让人恍惚地感觉到与周遭的精神生活的相似，而且更像是十九世纪思想的一个相当简化和粗俗的版本。过去具有镜子的功能，通过它我们照出今天的不堪，但不能钻到镜子里去过里面的生活；同理，那种把过去当作未来构想的思路也令人恐惧。

阿伦特在她的《过去与未来之间》一书的前言里，特别提到了勒内·夏尔。战后，夏尔一代的生活再次陷入平庸，人们返回从前的意识形态之争，那种曾经可以展露自由的公共领域（公共领域不是我们记忆中的集体政治）一去不复返。夏尔感叹："留给我们的珍宝（遗产）没有任何遗言。"阿伦特在此间看到了一种居于"已不再"和"尚未"之间的力量，也就是在那个"之间"，诞生了卡夫卡的一则寓言：两股冲突的力量，一股从后面、过去冲来，一股从前面、未来冲来，"他"站在中间，梦想有那么一刻从中跳出战斗。[1] 跳跃的思想很能吸引人，但不小心就会跳到裁判的位置；再继续跳，就可能攫升到星辰和太阳的位置。跳出来获得升华的举动，其危险在今天容易被我们感

[1] 汉娜·阿伦特《过去与未来之间》，王寅丽、张立立译，第 1—12 页，南京，译林出版社，2011 年。

知到，但卡夫卡的寓言也可以被理解为：短暂几秒的跳跃，尽管随后就会重新跌落回战场，但那朝上的一跃之中至少可以让“他”窥视到冲突的全貌，比如，“他”可能看到了两股力量并非泾渭分明的拥有自以为是的正义形象，它们在各自的根基处和锋芒毕露的端点，形成某种会合的张力，合成一个没有具体边界的圆圈：激进的最保守，保守的最激进；过去改头换面成为新异，新异自我颠倒露出旧貌——无论这新与旧呈现为语言哲学命题，还是呈现为思想派别的建构。在这里，“跳出”不过是一种视角的调整，有时候，这不需要高高在上就可以做到，如阿伦特所说，借助一种讲述“特殊物”的故事的方式就有可能带来一种另类视角。文学的意义就在于此，它们是从知识、理论、学说中跳出来的点与点的呼应，它们大概就是阿伦特所欣赏的本雅明思想中的“星丛”形象吧。

无论多么低姿态地解释“跳出”都会被质疑，跳出还是太理想主义了。也许更有可能的是，根本就没有什么冲突的两股力，根本不存在一个思想的场域，根本没有那个处于中间位置试图一跃的“他”，根本没有供人一跃的空间和时间——哪怕几厘米几秒钟。有的倒是一个巨大的躯体，自我吞噬又自我诞生，后面的部分吞吃前面的部分，继而又伸出新的物质继续带动身躯前进。这是一种卷裹的巨大力量，这其中难以区别什么新与旧，所有的界限都只能在被抹除的过程中获得界定。不错，与其说它像曼德尔斯塔姆诗中的世纪巨兽，[1]不如说更像好莱坞大片里的异形；它不会站在世纪末的山岗回头瞭望自己的所来处，它只会裹挟着每一个被它粘附的生物，在它越滚越大也越虚无的躯体中消失。总有人会在那虚无中召回它的形象，以考古的方式，但不是我们。

[1] “我的美丽的、哀怜的世纪。/你以白痴般的残忍和虚弱/咧嘴笑着，并回头打量身后：/一只野兽，曾经柔顺，/在沙中留下它的爪印。”曼德尔施塔姆《世纪》，《我的世纪，我的野兽》，王家新译，第 88 页，广州，花城出版社，2016 年。

附　录　多多：张望，又一次提高了围墙……

一

当社会难产的时候
那黑瘦的寡妇，曾把诅咒绑到竹竿上
向着月亮升起的方向招摇
一条浸血的飘带散发不穷的腥气
吸引四面八方的恶狗狂吠通宵

从那个迷信的时辰起
祖国，就被另一个父亲领走
在伦敦的公园和密支安的街头流浪
用孤儿的眼神注视来往匆匆的脚步
还口吃地重复着先前的侮辱和期望

——《祝福》(1973)

1973年，“文革”的铁轮继续朝向黑暗的深渊滚动，但也出现了某种松动的迹象，在地底，一些“异端性”思考正悄悄萌生，多多是其中尤其独异的一个。《祝福》开头的“社会难产”即指呈了一种危机四伏的现实状况，“难产”道出的是社会更新、重塑、再生过程的困厄。这一开端将全诗的思考限定在了特定社会的伦理层面，也即，它的批判性从一开始就醒目地提示了出来。而对诗人来说，把“社会”这个因过量流通而变得空泛的“大词”置于起首，在写作上也是一个考验。第二句，紧扣“难产”，由抽象转向具体，形象出现了：“黑瘦的寡妇”——这一形象出自对“接生婆”的联想，由她出来承担拯救社会危机的使命。从“社会”和它的整体危机之“大”，到“寡妇”之“小”（“黑瘦”），巨大的形象反差和两个词语本身的心理包容度上的悖反性质，都传递出一种强烈的反讽效果。接着，诗人更细致地描摹了“寡妇”的拯救方式：“咒符”“招摇”“浸血的飘带”“恶狗”……这些道具和行为的巫术特征带来的只是更深的混乱、恐怖和欺骗感——这其实也是诗人对时代整体状况的一种指认。这中间嵌入的“月亮”是个奇妙的词。它一向被视为是幻美世界和彼岸的象征，在这里，它一方面点出了黑夜的氛围，与后一句的“狂吠通宵”在逻辑上回应，另一方面，将其放在邪恶的环境中，显示了整个社会的非理性的巫术状态对美好事物（或对其想象）的挤压和破坏。

第二节开头的“迷信”承上启下，既是对上一节所指涉的现实的总结，也开启了下面的更深广的时代反思。和前面相应，这里出现了另一个“大词”——“祖国”。“祖国”在当时的主流文学中是个核心主题词，围绕它，在形象选择、情感特征和表达方式上，都有一系列特定的程式和规范。这个词已被各种手段装扮起来，在此，多多剥离了它外面的层层包裹，让它赤裸裸地展示着，且用逗号将它隔离开，词语的被还原的孤立外形与后面的“孤儿”在语义上相应和。“孤儿”的比喻可谓奇崛，在逻辑上，它是前面“难产”的合理结果。“父”的缺失，使“祖国”变成一种无主、无根的存在。领走它的“另一个父亲”，更像一个一闪而过的影子，面目可疑而无法依凭，“祖国”陷入一种无人为其负责的盲动的处境；而在修辞上，通过“孤儿”对“祖国”一词所作的形象上的具体置换，诗歌从对公共概念的黏着状态，转到可叙事的路径上。于是我们看到了“孤儿”“在伦敦的公园和密支安的街头流浪”的场景。这也是多多早年诗歌一个比较有趣的现象：不断将想象的维度推向陌生而遥远的异国空间中，最著名的是那首《玛格丽和我的旅行》：“我将为你洗劫/一千个巴黎最阔气的首饰店/……”。这里大概可以看出外国文学对诗人想象力的生成的作用。这也是一种“文学地理学”的想象，其中大约还包含着一种精神上的“超越”冲动，一种与当下社会生活和现实空间拉开距离的心理上和文学上的超离意愿。对“别处”的寻找从来就是文学写作的基本动因之一，与那种虚幻的乌托邦想象不同，在多多这类诗中，“别处”大都有着地理学上的明确所指。也许，这个“别处”越是可落实的，就越能折射出诗人身处封闭社会的那种心灵的焦虑；从写作策略看，如果考虑到时代的限制，这样的选择允许诗人比较自由地展开思路；此外，它也使诗在相对“实”的现实所指与“虚”的诗歌空间的拓展之间构成一种平衡。

在这里，“别处”直接与现实对照。如果说前一节中由“社会难产”过渡到“寡妇”是一种语义上由“大”到“小”、由“重”到“轻”的转化，并在这一转化过程中撑开一种必要的语言张力的话，那么这里则是空间由“小”到“大”的展开，或者说把“祖国”之“小”摆在世界之“大”中，充分揭示了前者的渺小和飘零的无助感。既强化了“祖国”——“孤儿”的被流放命运（“流浪”）的悲剧性，也是对前面所说的对“祖国”一词进行剥离的进一步深化。接下来，“用孤儿的眼神注视来往匆匆的脚步”，说明它的视觉位置很低，它被匆匆的周遭世界遗弃，更凸现了这种身份的渺小。最后一句“还口吃地重复着先前的侮辱和期望”表明：“流浪”虽使身体在外，但命运的沉重却无法轻松地逃逸，那种受损的痛楚像记号一样被牢牢刻在痴呆的神情中。诗行的力度一步步抬升，在结句达到极致，这里有一种令人震惊的宿命的味道，透露出多多诗歌的极端的、残忍的那一面特征。在那首著名的《手艺》中，多多说“我写青春沦落的诗/（写不贞的诗）/写在窄长的房间中/被诗人奸污/被咖啡馆辞退街头的诗/……”。这里有感叹，有背离，当然也包含了一种对诗歌精神取向的自觉定位，

“沦落”“不贞”这些概括都准确地道出他的诗歌中蕴藏着的那种道德上的邪恶、狰狞的摧毁性的力量。

在多多的写作中，《祝福》大概具有某种“原型”意义，从意象、语汇和叙事等形式层面，到对历史与个人之间多重价值冲突的持久思考等，都在这里有初步的展示。

对一个诗人来说，如何处理词语，是其诗歌风格中最隐秘、最关键的部分。在这方面，多多比同龄人更早地显示出了对汉语的敏感。上面分析的那首诗，诗题“祝福”带出的是一种宁静而感动的情绪，与后面的怪诞的形象和痛切的情感对照，其中的反讽意图非常明显；在第一和第二节里，诗人为“月亮”和“祖国”分别重新编织了一种语境，使之暴露出一种非常复杂的形象和意义内涵，这也是多多早年常用的一种“解构”词意的方法。在《致太阳》《青春》《年代》《解放》《战争》《海》等诗歌中，多多通过把诗题或诗行中某些主题性词语组接在一些悖谬式的情景和结构中，既消解了它们特定的社会文化或意识形态内涵，也“发明”出新的意蕴，使其产生某种“陌生化”的效果。这也是多多早年诗歌的一种特殊的“对抗”方式，即不是面对面直呈式的、口号式的，而是借助词语的歧义丛生的潜质，在一种诗歌语言或思维方式的限度内达成的对抗。此外，作为一种基本的“解词”思路，它也经常通过一种并置一对或一组悖反性词汇的句式来达到同样的效果，如《被俘的野蛮的心永远向着太阳》有这样的诗行：“但是间隔啊间隔，完全来自陪伴和抚摸/被熟知的知识间隔/……/

放走，放走能被记住的痛苦/看守，看守并放走这个诺言/……”词语朝相反的方向牵扯意义，它们在相互否定对方的同时，也将人的多种经验带入了冲突性的结构中。多多诗歌的道德感依然浓重，但避免了随具体历史情境的结束而可能出现的意义解体，很重要的一个原因就是，他对词语的敏锐感受和其诗歌语言的混杂特征，既能持久地激发我们的想象力，又能将自身经验的特殊性和审美经验的普遍性有效地结合起来，带出一种纷杂的历史和命运感悟，因而经得起不同时代对它的阐释要求。

借词语本身的冲突内涵来揭发人在历史中隐蔽的生存困境，这也是现代诗的一个基本主题。许多人都在语言层面指出了多多早年写作的现代特征，此外，对叙事因素的引入，也是其诗歌现代性的重要标志。进入九十年代，“叙事”已经成为诗歌写作和批评领域最重要的词语之一，一般认为，对“叙事性”的追求反映了诗人对写作的某种“综合气质”的向往。其实，对“叙事”的调动现代人综合经验的能力的探求，这是一个从艾略特以来一直在进行的写作试验。四十年代的中国，以穆旦为代表的一群青年诗人即有意识地实践过这一诗学主张。七十年代，当现代主义有限度地影响多多这一代诗人时，同样的诗歌敏感也许不经意地渗透到他们的写作中。在多多这里，“叙事”有时候以相当整齐的形式出现，在明显带有自传色彩的组诗《蜜周》中，通过对一个少年人情感和性的成长历程，折射出历史的强大压力。其中有句子：“面对着没有太阳升起的东方/我们做起了早操——”(《蜜周·第七天》),“早操”作为一种“成长”仪式，是在一个不合时宜的时间完成的，这同样是一种词语与其惯用语境的错位，在错位中显现了个人与时代之间情感和价值上的离心状态。“叙事因素”只是多维度观看生活的方式之一，是捕捉驳杂的日常经验的一种琐细而繁复的手段，它只呈现事件的多个侧面，提醒诗歌中潜藏的不同的理解可能，毋宁说，它尽可能地向生活敞开怀抱但又回避对世界做出总体判断。因此，在多多早期诗作中，叙事因素更多地存在于片段或场景中。前面的《祝福》中对“寡妇”的描述，以及把“祖国”——“孤儿”戏剧性地推到世界街衢的那一幕即是一例。其他如组诗《回忆与思考》和《万象》中容纳的短诗，几乎都有这种叙事因素的参与。这也使多多早年诗歌常常具有某种“剧场”效果，这在同为“白洋淀诗群”重要诗人的根子那里，有更清晰更自觉的呈示。

对于语言和叙事问题，在《祝福》这里仅仅是初步“定调”，在多多后来的写作中都有更进一步的强化或变异。除此，还有一个重要的意象需要提示——“父亲”。多多诗歌早年即已形成鲜明的风格特征，其中很重要的一点，在于他比较早地创造了个人化的“意象谱系”，比如“牛”“马”“大海”“北方”“母亲”“秋天”“麦田”“犁”“果核”“河流”等等，“父亲”是其中之一。“父亲”的丰富的隐喻内涵，使其经常扩展为一个主题学概念，某种程度上讲，多多后来的写作都或隐或显地回应着这个主题，或者说，他是在对“父亲”不断误解和理解过程中调整着位置，完成对自我生命的追寻的。关于这一点，下文会详细分析。

二

十一月的麦地里我读着我父亲
我读着他的头发
他领带的颜色，他的裤线
还有他的蹄子，被鞋带绊着
一边溜着冰，一边拉着小提琴
阴囊紧缩，颈子因过度的理解伸向天空
我读到我父亲是一匹眼睛大大的马

…………

我读到一个男孩子的疑问
从一片金色的玉米地里升起
我读到在我懂事的年龄
晾晒谷粒的红房屋顶开始下雨
种麦季节的犁下拖着四条死马的腿
马皮像撑开的伞，还有散于四处的马牙
我读到一张张被时间带走的脸

我读到我父亲的历史在地下静静腐烂
我父亲身上的蝗虫，正独自存在下去

像一个白发理发师搂抱着一株衰老的柿子树
我读到我父亲把我重新放回到一匹马腹中去
当我就要变成伦敦雾中的一条石凳
当我的目光越过在银行大道散步的男人……

——《我读着》(1991)(节选)

反省“父亲”一生奇异的命运更迭以及对“我”构成的影响，是《我读着》这首诗最显眼的主题。“我读着”这个简单、平缓的陈述句表明，“我”是从一个冷静的后设视角将“父亲”作为客体来观察的。首先进入“我”视界的是“父亲”的一些具体而微的身体细节——“领带”“裤线”，随后是一个怪诞的意象——“蹄子”，这为后面将“父亲”与“马”合二为一埋下伏笔。“父亲”“溜着冰”，“拉着小提琴”，两个动作反映了“父亲”的某种精神面貌，一个充满活力、优雅的形象；但另一面，“阴囊紧缩，颈子因过度的理解伸向天空”，他神经质的、委琐的一面奇妙地扭结在优雅中。最后一句指出，“父亲”其实就是一匹“眼睛大大的马”。

这是发生在“父亲”生命中的（也是“我”的理解中的）一次“变形记”。自八十年代以来，“马”就是多多诗歌中一个非常重要的意象。试举长诗《五亩地》为例：“船是海上的马，遗忘向着海上的村庄”，“那匹脑门镶有宝石的马，还在，/还在林中驰进驰出，还在/向大地深处放射马背上掠过的痉挛”，“马匹，静静卸下田野的负担”，“用圣经中漏出的谷粒喂马”，“信马匹坚强的轮廓，忍受着同一个天空”……“马”作为隐喻既暧昧又含混，但大体可辨认出这样一些指向：它首先与“大地”“田野”关联，有一种规训、负重、隐忍的性格；“大地”和“天空”的空荡荡的背景也为它染上一层庄重、博大、寂静的光辉；同时，这两方面的特征又为它的生命赋予了一种宗教气息，一种悲剧性的“献祭”的寓意。由“马”派生出的两个重要意象是“马眼”和“马头”（“马脑”）。关于“马眼”，多多的诗句有：“……星星们全都起身/在马眼中溅起了波涛”（《冬夜的天空》），“从马眼中我望到整个大海”（《火光深处》），“雪，在这时降下/你，正被马注视着”（《静默》），“疯人正用马长在两侧的眼睛观察夜空”（《早年的情人》）……；关于“马头”（“马脑”）有：“马儿粉红色的脑子里：大海涌进窗户”（《寿》），“马头内，一只大理石浴盆破裂：/绿色的时间就要降临”（《锁住的方向》），“马头内的思想，像电灯丝一样清晰”（《锁不住的方向》）……“马匹”深邃的眼光是上帝式的、审视的、包容一切的，它与人世的对视中隐隐含着某种冷漠但紧张的情绪；“马头”内蕴藏的思想同样具有预言性，凝聚着一种异己的、暴烈的、神秘的力量。而读完《我读着》全诗就知道：“父亲”的一生其实就是“马”的一生。

诗的第二节开头写道："我读到我父亲曾经短暂地离开过马群/一棵小树上挂着他的外衣/还有他的袜子，还有隐现的马群中/那些苍白的屁股，像剥去肉的/牡蛎壳内盛放的女人洗身的肥皂。""外衣"和"袜子"与前一节中的"领带""裤线"照应，这里，对衣着名词的选择存在着等级差异，或者说从中可以看出一种不断降格的趋势。"领带"和"裤线"都属于身体的美学上的装饰，暗示着"父亲"的雅致的情趣和不一般的身份；而"外衣"和"袜子"则是人之为人的最外在也是最后的表征，它仅仅使主人的生存维持在一种人的外形的平均值上。紧接着，则连人的这一外形特征也取消了，"父亲"完全被"马"的喻象替换，他身上作为人的遮盖被彻底揭掉，在一幅"马"的模糊的群像中露出了"苍白的屁股"，它可以是一具纯粹的动物性的肉体（"马"），一个物化的存在（"肥皂"），一种肉欲想象（"女人洗身"），但人的社会和精神的主体内涵都被抽空了。该节中间几行，从"父亲们"的集体的非人面相，再次转向对"父亲"一个人的解读，同时牵出另一条线索——"一个男孩子"即"我"。环绕在"我"少年岁月周围的"金色的玉米地"和"红房屋顶"的一片耀眼光芒与接下来的"父亲"身体的黯淡、无意义的毁灭之间，在"我读到……"透出的玩味、从容的情绪与后面逐渐急促起来的语调之间，都构成一种对比，这种对比既加强了"父亲"荒谬人生的悲剧感，又引出另一重主题："父亲"之死作为一个严重的心理事件对“我”造成的巨大冲击。

“父亲”的一生不断被剥夺，从完整的社会人变形为纯动物的肉体，到最后只孤独地剩下被肢解的“四条死马的腿”“马皮”和“散于四处的马牙”，在这里诗人隐约地触及了过去的历史暴力事件，而“父亲”就是历史的“祭品”。“父亲”死了，但异化生命的惯性力量太过强大，“父亲”那“马”一样的必然要牺牲的结局像预言笼罩在后代的头顶。从“我读着”到“读我”，最后一节，异常惊心地展示了“我”与“父亲”的命运同构性。“柿子树”是多多诗中常见的一个有关祖国记忆的意象，“理发师”的职业特点也有一种悖论性，它们在这里同时出场，似乎暗示了命运和出生之间的一种无法挣脱的关联。“父亲”把“我”“放回到一匹马腹中去”，“放回”是一个回到本源的动作，“马”的宗教般的宿命依然是“我”的最后归结，个人命运在历史的演变中作了一次吊诡的循环，诗歌的文化批判性也因此获得增进。最后，像上文分析的《祝福》一样，诗中再次出现了那个遥远的异国背景：“伦敦”“银行大道”。空间距离的拉开在“我”和“父亲”之间形成了一种间隔，但这间隔仅仅是物理性的，另一种更本质的间隔还在于：“石凳”“目光越过”这些意象和表述，以及“银行大道”与上文的中国情境的背离，都表明“我”虽身在伦敦大道，但从情感向度看却“不在”那里，这是一道更深的心理距离，并从反方向强化了“我”与“父亲”的联结。在“父亲”—“我”—“伦敦”三者间既“间离”又纠结的关系中，在多重位置的既同一又差异的关系辩正中，昭示出主体置身于现代世界所遭遇到的一种错综复杂的精神困境。再进一步阐释，如果“伦敦”是西方文明世界的象征，那么“父亲”这个意象本身，除指涉代际间血缘生命的传承外，也可理解为文化和传统的规劝力量。比如在早年诗作中，“父亲”基本作为一种守旧势力的代表，经受着儿子的怀疑和反叛：“在自由的十字架上射死父亲/你怯懦的手第一次写下：叛逆”（《致情敌》）。到八十年代后期，“我”渐渐明了两代人相互间的命运生成关系，叛逆的冲动消退了：“置身一场盲人梦到的大雪/父亲，我梦到了梦的源头”，“我，被牵着，向/桦树皮保留的一个完整的人形——扑去/父亲，另一个人生在开始。//父亲，那是同一个人生”（《授》）；“穿着铁鞋寻找出生的迹象/然后接着挖——通往父亲的路……”（《通往父亲的路》）。《祝福》中的“父亲”还只是一个虚化的符号，到这里，这种虚化的感觉依然存在，但毕竟，“父亲”之于“我”的意义——那个所谓的“传统的阴影”越来越强大，因此，“我”在世界中的那种精神困境，必然也与一种更内在的文化认同的矛盾态度有关。对“伦敦”的游离，对“父亲”的挖掘，都源于一种与世界重建历史和精神的联系并在其中实现自我确认的渴望。而在这三者关系的不断调整中，在“我”最终无条件地趋近“源头”的行动中，作为主体的人也最终找寻到一种文化血缘的归属感。

就像《祝福》中“祖国”——“孤儿”经受过的历史创伤无

法随身体逃逸一样，“我”的命运走向也根本无法自外于“父亲”的轨迹。八十年代末以来多多流寓海外，大概对这种境况有更深切的体认，所以在许多诗歌中都延续了这个离去——回来的主题。当然，更宽泛一点看，这也是一个有关现代性的“身份焦虑”的寓言。多多出国后的写作，许多都从各种角度逼近着这个主题：人的分裂、迷失与失而复得的可能（《地图》《冬日》等）；命运的漂泊与时间的动荡不安，或巨大的虚无感（《过海》《归来》《小麦的光芒》《静默》《它们》《记游》等）；生命与死亡（《他们》《我始终欣喜有一道光在黑夜里》《节日》等）；词语与经验的错位（《依旧是》《忍受着》等）；个人在世界的广博中的限度问题（《只允许》等）……不同的声音、独白慢慢汇聚到同一主题的合唱中，在其中始终贯穿着对个人—世界—历史—时间的反思，多侧面地传达了现代人的生存经验和历史感受，也为当代社会留下一幅相当丰富的有关人的心灵的全景图。

三

在作梦就是读报的年龄
秋梨按旧谱相撞时，曾
有人截住它，串为词

石棺木车古道城基

越过一片平房屋脊，四合院的
逻辑，纵横的街巷，是
从谁的掌纹上预言了一个广场

一阵扣错衣襟的冷

掌心的零钱，散于桌上
按旧城塌垮的石阶码齐
便一边拾捡着，一边

又漏掉更多的欣喜

把晚年的父亲轻轻抱上膝头
朝向先人朝晨洗面的方向
胡同里磨刀人的吆喝声传来

张望，又一次提高了围墙……

——《四合院》(1999)

在多多近年的诗歌中，原先的怪诞、狂躁多少得到一些缓解，一种悠长的、接纳的、慢板的调子正渐渐升起。在《四合院》中，“把晚年的父亲轻轻抱上膝头”，以一种完全和解、包容的姿态接替了“先人”的位置，正像他在另一首诗《早晨》里写的：“曾经是某种自行车的把手/保持着被手攥过的形状/现在，就奋拉在你父亲的小肚子上/曾经是一个拒绝出生的儿子/现在就是你，正爬回那把手”。“晚年”不仅是对时间流逝的感怀，更本质地，它是以一种特殊的“晚年”式的心态和“调性”进入诗歌内部的。《四合院》是站在岁月这头的一次回溯，是对旧事物的迷恋和感念，于是从诗的形式到语调，都展现出某种“中国性”。“……，四合院的/逻辑，纵横的街巷，是/从谁的掌纹……”，两个短语在转行处被隔断，中间又夹着一个完整的短语，这正好从视觉上对应了“四合院”的遮挡、转折、再延伸的布局特点，正如陈东东对该诗的评价：“多多发明了一种组接词语的‘四合院’方法，一种木匠的方法，——选出的每一个词，都被他开好了榫卯，相互间可以正好咬紧。”[1]而从诗歌“发声学”的角度去感受，除了整体上回荡的那种沉潜、回忆的调子外，节与节之间镶嵌的单句，不仅逻辑地承担着接续场景的功能，而且大都（特别是在诗的前半部分）有着一种谣曲风格，这种时候，它们基本上作为无实指意义的韵律的美，营造出某种邈远、神奇的诗歌氛围。

声音，特别是谣曲可以唤起某种“集体无意识”的东西。有关诗歌的“发声”问题，也确实是检视多多诗歌的一个重要维

---

[1] 陈东东《多多的〈四合院〉》，（“诗生活”网站“诗观点”文库）。

度。“发声”和“叙事”在写作中都与对“时间”的处理有关。叙事的推进遵从一种因果律，在结构上充分体现了时间的组织能力，哪怕这种叙事仅作为一种修辞因素在片段或场景的细节中闪现，它的时间递进关系依然可以细心地识别出来。多多早期的某些诗歌，凭借整首诗或诗中某几节中的叙事因素的推动，都或多或少具备了一种秩序感，而秩序的建立也是写作和阅读之间展开交流的必要前提。但很快地，诗歌中的时间踪迹隐没了，意象执拗地并列在一起，一种空间化的诗歌建制模式凸现出来。多多的写作一直非常倚重意象——他所谓的“形象”——的作用，借助意象抒情，这是“朦胧诗”共通的一个写作特征，也是中国古代诗学的悠久传统。但任何一种写作方法都有它的局限，具体到“意象”，它们在诗中即便缺乏因果关联，但至少通过心理转换可以隐秘地搭建起一种可通约的经验或感知，也即它在一定程度上应该能够满足心理逻辑的转译；或者，它们处于——哪怕是悖反性地处于——同一属性的文化、形象、情感和色彩的词语序列中，能够从不同方面配合对一个特定情景（语境）的完整呈现和把握。在这方面，多多某些诗歌也许需要进一步反思。他的意象不可谓不精妙，它们有着视觉上的巨大冲击力，正像有的论者形容的那样：他的意象“犹如彤云深处链形雷霆”[1]—— 一种超现实的蛮力。而在通过意

[1] 燎原《当代诗人点评（四）· 多多》，载《星星》诗刊 2005 年第 10 期。

象切换所达成的词语的比喻关系上，也确实体现出一种对汉语的现代敏感。但如果这种敏感是以在局部放大“语言中宇宙性或普遍性的部分”[1]而削弱了对汉语的完整的表达能力和想象能力的探索，那它带给我们的只能是一种“以行为单位”的小小的语言趣味。

空间视野当然也能为诗歌建立起一种秩序，就像建筑学中显现的那样，但过于频繁和无规则的转折对诗歌空间的完整性绝对是一种破坏。这里的“完整性”不是指那个所谓的“中心”或“真理”，而仅仅强调写作与阅读经验之间的一种认同感；指出这种“完整性”的分裂，也不是说多多的空间构设太随意，恰恰相反，也许他太专注于对细部的研磨了，以至词语和词语经常处于一种相互“较劲”的论辩的焦灼状态，正如他说的：“原来我追求的是写出更好的诗，叫语不惊人死不休，苦吟”；诗歌“最本质的东西”“就是词语之间的关系，或者说是词语之间的战争，搏斗，断杀”。[2]关于语言的一个悖论是：一方面，它可以支持想象力不断掘进，以探求某种表达的极限，而另一方面，当它被作为本体不断放在感觉的显微镜下无限放大，实际上又是对语言的所指范畴和经验领域的一种无限减缩。一个比较极端的例子是《锁住的方向》和《锁不住的方向》。作者试图通过细微的用词差别，将语义领向相反的理解思路，但意象（形象）

[1] 黄灿然《最初的契约》，《多多诗选》，第 252 页，广州，花城出版社，2005 年。

[2] 凌越《我的大学就是田野——多多访谈录》，《多多诗选》，第 282 页。

的重重阻隔，使这些暗示全然迷失在中途，并最终把对诗歌意图的判断推入不置可否的尴尬境地。

在多多近年的诗歌中，一种“纠正”的力量出现了，那就是通过对诗歌“发声”的关注，引入另一种时间要素。声音具有时间的一过性，即使其中有分延、回旋，但线形的发展依然是它的基本要求，这是诗歌连续性的另一种实现途径，具体到多多诗歌，这一连续性是通过发掘连接副词的音乐功能完成的。如《依旧是》：“走在额头飘雪的夜里而依旧是/从一张白纸上走过而依旧是/走进那看不见的田野而依旧是//走在词间，麦田间，走在/减价的皮鞋间，走到词/望到家乡的时刻，而依旧是/……”“依旧是”不仅仅起连接作用，还是意义衍生的节点。它的不确定的语气在不断地对前一个陈述或情景表达疑问的同时，也拓宽了诗歌的意义空间——这一点和早期词语的悖反式组接效果一致，但连接副词在一首诗中的贯穿使用，还显示了多多在对待诗歌统一性问题上的某种态度调整，即，声音连贯性在诗歌中可能形成的组织作用。“而依旧是……”在音韵上所产生的停顿、跳跃和转承，正好与“我”在现实与词语、记忆与想象之间来回往返的脚步移动的频率相应合。这样一种有规律的节奏不断推进、繁衍，最终作为一条声音的线索将全诗各个部分温和地调适在统一的情感场域中。所谓诗歌的音乐性，归根结底就是某种风格化的“发声”方式赋予诗歌的一种和谐的情感气氛。正如当年瑞恰慈在回应人们对艾略特诗歌因缺乏“任何连贯的理智思路”而受到的指责时说的那样：“因为各个环节都是凭借其感情效果的和谐、对照、相互作用融为一体，而不是通过分析必须推论出来的理智布局。价值就在于这种相互作用的感情效果在合适的读者心灵中产生的统一的反应。”他称艾略特的诗歌是“思想的音乐”：“各式各样的思想，抽象的和具体的，普遍的和特殊的，如同音乐家的乐句，编排这些思想不是为了它们可能向我们有所昭示。而是为了它们对我们产生的效果可能结合起来化为一种连贯成整体的感情和态度，并且促成意志的一种独特解放。”[1]

在多多发挥最好的时候，确实在诗歌的“思想”和“整体的情感和态度”之间达成一种充满张力的平衡，而“情感效果”也正是那个在写作和阅读之间建立起认同感的中介。这一切都与诗歌的“发声”方式有关。在这里，“发声”或音乐不单纯是一个技艺问题，它在根本上源自对世界在其不断变化中潜伏的那种秘密的节奏的耐心聆听和捕捉，所以，它是作为一种描摹世界的艺术和审美的范式介入诗歌的。一个诗人不同时期的写作都会流淌出不同的声音，它们或轻或重或延宕或峻急，都与那一时期诗人倾听、体察世界的方式密切相关。对多多诗歌来说，早年有一种青春的急促喘息的声音，而在《四合院》中，童年的欣喜的谣曲回响在晚年忧郁的张望中，一种凝重、唏嘘的呼吸

[1] 艾·阿·瑞恰慈《托·斯·艾略特的诗歌》，《文学批评原理》，杨自伍译，第267页，南昌，百花洲文艺出版社，1997年。

一般的气息在那里萦回，也或者说是一种“胡同里磨刀人的吆喝声”一般的节奏在诗中慢慢传延。这种诗歌“调性”正是面对世界时的一种“晚年”的声音，是一种回忆的语调。而“张望，又一次提高了围墙……”，这是对记忆不可复原性的感叹，张望激起了进一步张望的欲望，以同样的姿态回看，《祝福》中那个流落在异国街头、紧张地注视着世界的“孤儿”，《我读着》中那个目光越过人群像“石凳”一样的“我”，那在《四合院》中伸长目光不断返身探看的眼神……这一切，最终似乎都更远地把我们挡在了多多之外。

主要参考书目

一、中国诗人诗集、诗文集、诗合集：

柏桦《往事》，石家庄，河北教育出版社，2002

——《左边：毛泽东时代的抒情诗人》，香港，牛津大学出版社，2001

陈东东《明净的部分》，长沙，湖南文艺出版社，1997

多多《多多诗选》，广州，花城出版社，2005

戈麦《戈麦诗全编》（西渡编），上海三联书店，1999

——《戈麦的诗》（西渡编），北京，人民文学出版社，2012

海子《海子诗全编》（西川编），上海三联书店，1997

韩东《爸爸在天上看我》，石家庄，河北教育出版社，2002

骆一禾《骆一禾诗全编》（张玞编），上海三联书店，1997

欧阳江河《谁去谁留》，长沙，湖南文艺出版社，1997

——《黄山谷的豹》，沈阳，辽宁人民出版社，2013

万夏、潇潇主编《后朦胧诗全集》（上、下），成都，四川教育出

版社，1993
王家新《游动悬崖》，长沙，湖南文艺出版社，1997
——《塔可夫斯基的树》，北京，作家出版社，2013
西川《大意如此》，长沙，湖南文艺出版社，1997
——《水渍》，天津，百花文艺出版社，2001
——《深浅：西川诗文录》，北京，中国和平出版社，2006
肖开愚（萧开愚）《动物园的狂喜》，北京，改革出版社，1997
——《学习之甜》，北京，中国工人出版社，2000
——《肖开愚的诗》，北京，人民文学出版社，2004
——《此时此地：萧开愚自选集》，郑州，河南大学出版社，2008
徐敬亚、孟浪、曹长青、吕贵品编《中国现代主义诗群大观1986—1988》，上海，同济大学出版社，1988
杨克主编《1999中国新诗年鉴》，广州出版社，2000
杨炼《大海停止之处：杨炼作品1982—1997（诗歌卷）》，上海文艺出版社，1998
于坚《一枚穿过天空的钉子》，昆明，云南人民出版社，2004
——《0档案》，昆明，云南人民出版社，2004
臧棣《燕园纪事》，北京，文化艺术出版社，1998
——《风吹草动》，北京，中国工人出版社，2000
——《新鲜的荆棘》，北京，新世界出版社，2002
张枣《张枣的诗》，北京，人民文学出版社，2010

周伦佑选编《打开肉体之门——非非主义：从理论到作品》，兰州，敦煌文艺出版社，1994

二、论著、论文：

阿多诺《美学理论》，王柯平译，成都，四川人民出版社，1998
阿尔都塞《哲学与政治：阿尔都塞读本》，陈越译，长春，吉林人民出版社，2003
——《一封论艺术的信》，《马克思主义文艺理论研究》（第七卷），北京，文化艺术出版社，1986
乔吉奥·阿甘本《潜能》，王立秋、严和来译，桂林，漓江出版社，2014
——《没有内容的人》，杜可柯译，内部参考，2015
——《幼年与历史：经验的毁灭》，尹星译，陈永国校，郑州，河南大学出版社，2011
汉娜·阿伦特《康德政治哲学讲稿》，曹明、苏婉儿译，上海人民出版社，2013
——《过去与未来之间》，王寅丽、张立立译，南京，译林出版社，2011
艾略特《传统与个人才能》，卞之琳译，上海译文出版社，2012
——《批评批评家》，李赋宁译，上海译文出版社，2012
——《现代教育和古典文学》，李赋宁、陆建德译，上海译文出

版社，2012
F. R. 安克施密特《历史与转义：隐喻的兴衰》，韩震译，北京，文津出版社，2005
——《历史表现》，周建漳译，北京大学出版社，2011
W. H. 奥登《奥登诗选：1927—1947》，马鸣谦、蔡海燕译，王家新校，上海译文出版社，2014
彼得·奥斯本《时间的政治：现代性与先锋》，王志宏译，北京，商务印书馆，2004
罗兰·巴特（巴尔特）《罗兰·巴特随笔选》，怀宇译，天津，百花文艺出版社，1995
——《写作的零度》，李幼蒸译，北京，中国人民大学出版社，2008
——《文之悦》，屠友祥译，上海人民出版社，2009
——《罗兰·巴特论罗兰·巴特》，刘森尧译，台北，麦田出版，2012
——《文艺批评文集》，怀宇译，北京，中国人民大学出版社，2010
北京大学中国新诗研究所《新诗评论》2006 年第 1 辑，北京大学出版社，2006
——《新诗评论》2008 年第 2 辑，北京大学出版社，2008
埃米尔·本维尼斯特《普通语言学问题》，王东亮译，北京，生活·读书·新知三联书店，2008

瓦尔特·本雅明《莫斯科日记·柏林纪事》，潘小松译，北京，东方出版社，2001

——《启迪：本雅明文选》，张旭东、王斑译，北京，生活·读书·新知三联书店，2012

——《德意志悲苦剧的起源》，李双志、苏伟译，北京师范大学出版社，2013

——《作为生产者的作者》，王炳钧、陈永国、郭军、蒋洪生译，郑州，河南大学出版社，2014

彼得·比格尔《先锋派理论》，高建平译，北京，商务印书馆，2002

柄谷行人《日本现代文学的起源》，赵京华译，北京，生活·读书·新知三联书店，2006

——《作为隐喻的建筑》，应杰译，北京，中央编译出版社，2011

以赛亚·伯林《浪漫主义的根源》，吕梁等译，南京，译林出版社，2008

——《浪漫主义时代的政治观念：它们的兴起及其对现代思想的影响》，王崇兴、张蓉译，北京，新星出版社，2011

博尔赫斯《博尔赫斯文集·文论自述卷》，王永年译，海口，海南国际新闻出版中心，1996

——《博尔赫斯文集·小说卷》，王永年等译，海口，海南国际新闻出版中心，1996

——《博尔赫斯谈话录》(理查德·伯金编)，王永年译，上海译文出版社，2008
皮埃尔·布尔迪厄《言语意味着什么：语言交换的经济》，褚思真、刘晖译，北京，商务印书馆，2005
安德烈·布勒东《超现实主义宣言》，袁俊生译，重庆大学出版社，2010
布罗茨基《从彼得堡到斯德哥尔摩》，王希苏、常晖译，桂林，漓江出版社，1990
——《布罗茨基谈话录》，马海甸、刘文飞译，北京，东方出版社，2008
程光炜《程光炜诗歌时评》，开封，河南大学出版社，2002
陈超《中国先锋诗歌论》，北京，人民文学出版社，2007
——《打开诗的漂流瓶》，石家庄，河北教育出版社，2014
陈超编《最新先锋诗论选》，石家庄，河北教育出版社，2003
陈东东《词的变奏》，上海，东方出版中心，1997
——《只言片语来自写作》，北京大学出版社，2014
崔卫平编《不死的海子》，北京，中国文联出版社，1999
吉尔·德勒兹、菲力克斯·迦塔利《什么是哲学？》，张组建译，长沙，湖南文艺出版社，2007
保罗·德曼《解构之图》，沈勇译，北京，中国社会科学出版社，1998
埃娃·多曼斯卡编《邂逅：后现代主义之后的历史哲学》，彭刚

译，北京大学出版社，2007
海姆·芬克尔斯坦《超现实主义艺术思想中的电影银幕》，张爱东、王升才、库宗波译，南京，江苏美术出版社，2009
弗莱切《记忆的承诺：马克思、本雅明、德里达的历史与政治》，田明译，上海，华东师范大学出版社，2009
米歇尔·福柯《词与物》，莫伟民译，上海三联书店，2001
——《福柯集》，杜小真译，上海远东出版社，2003
胡戈·弗里德里希《现代诗歌的结构：19世纪中期至20世纪中期的抒情诗》，李双志译，南京，译林出版社，2010
郭颖颐《中国现代思想中的唯科学主义（1900—1950）》，雷颐译，南京，江苏人民出版社，1990
耿占春《群岛上的谈话》，郑州，中原农民出版社，1999
——《失去象征的世界——诗歌、经验与修辞》，北京大学出版社，2008
韩东《自传与诗见》，载《诗歌报》1988年7月6日
——《备忘：有关“断裂”行为的问题回答》，载《北京文学》1998年第10期
——《韩东散文》，北京，中国广播电视出版社，1998
——《关于语言、杨黎及其它》，载《作家》2003年第8期
贺奕《九十年代的诗歌事故——评长诗〈0档案〉》，载《大家》1994年第1期。
黑格尔《美学》（第一卷），朱光潜译，北京，商务印书馆，1997

洪子诚主编《在北大课堂读诗》(修订版)，北京大学出版社，2014
海登·怀特《后现代历史叙事学》，陈永国、张万娟译，北京，中国社会科学出版社，2003
胡经之、张首映主编《西方二十世纪文论选》(第一卷)，北京，中国社会科学出版社，1989
马克斯·霍克海默、西奥多·阿道尔诺《启蒙辩证法》，曹卫东、渠敬东译，上海人民出版社，2006
姜涛《巴枯宁的手》，北京大学出版社，2010
卡尔维诺《新千年文学备忘录》，黄灿然译，南京，译林出版社，2009
——《看不见的城市》，张密译，南京，译林出版社，2006
弗兰茨·卡夫卡《卡夫卡散文》，叶廷芳译，北京，人民文学出版社，2011
乔纳森·卡勒《罗兰·巴特》，陆赟译，南京，译林出版社，2014
马泰·卡林内斯库《现代性的五副面孔》，顾爱彬、李瑞华译，北京，商务印书馆，2004
康德《历史理性批判文集》，何兆武译，北京，商务印书馆，2010
克尔凯郭尔《论反讽概念》，汤晨溪译，北京，中国社会科学出版社，2005

——《重复》，京不特译，北京，东方出版社，2011
菲利普·拉库－拉巴尔特、让－吕克·南希《文学的绝对：德国浪漫派文学理论》，张小鲁、李伯杰、李双志译，南京，译林出版社，2012
莱内·马里亚·里尔克《给青年诗人的信》，冯至译，上海译文出版社，2005
——《穆佐书简》，林克、袁洪敏译，北京，华夏出版社，2012
李陀《漫说“纯文学”》，载《上海文学》2001 年第 3 期
李振声《季节轮换：“第三代”诗叙论》，上海，复旦大学出版社，2008
李泽厚《美的历程》，北京，文物出版社，1981
燎原《海子评传》，北京，作家出版社，1996
刘文瑾《列维纳斯与“书”的问题：他人的面容与“歌中之歌”》，北京，生活·读书·新知三联书店，2012
潞潞主编《准则与尺度：外国著名诗人文论》，北京出版社，2003
米沃什《拆散的笔记簿》，绿原译，桂林，漓江出版社，1989
——《诗的见证》，黄灿然译，桂林，广西师范大学出版社，2011
尼采《论道德的谱系·善恶之彼岸》，谢地坤、宋祖良、刘桂环译，桂林，漓江出版社，2000
——《历史的用途与滥用》，陈涛、周辉荣译，刘北城校，上海

人民出版社，2005
欧阳江河《站在虚构这边》，北京，生活·读书·新知三联书店，2001
莫里斯·梅洛－庞蒂《眼与心》，杨大春译，北京，商务印书馆，2007
——《辩证法的历险》，杨大春、张尧均译，上海译文出版社，2009
埃·米·齐奥朗《瓦莱里面对他的偶像》，载《世界文学》2003年第4期
施勒格尔《浪漫派风格——施勒格尔批评文集》，李伯杰译，北京，华夏出版社，2005
卡尔·施密特《政治的浪漫派》，冯克利、刘峰译，上海人民出版社，2004
孙文波《在相对性中写作》，北京大学出版社，2010
孙文波、臧棣、肖开愚编《语言：形式的命名》，北京，人民文学出版社，1999
唐晓渡《唐晓渡诗学论集》，北京，中国社会科学出版社，2001
托多罗夫《巴赫金、对话理论及其他》，蒋子华、张萍译，天津，百花文艺出版社，2001
托洛茨基《"不断革命"论》，柴金如等译，北京，生活·读书·新知三联书店，1966
——《文学与革命》，刘文飞、王景生、季耶译，张捷校，北

京，外国文学出版社，1992
保尔·瓦莱里（瓦雷里）《瓦雷里诗歌全集》，葛雷、梁栋译，北京，中国文学出版社，1996
——《文艺杂谈》，段映虹译，天津，百花文艺出版社，2002
——《瓦莱里散文选》，钱春绮、绿原等译，天津，百花文艺出版社，2006
王家新《人与世界的相遇》，北京，文化艺术出版社，1989
——《冯至与我们这一代人》，《读书》1993年第6期
——《对隐秘的热情》，太原，北岳文艺出版社，1997
——《没有英雄的诗》，北京，中国社会科学出版社，2002
王家新、孙文波编《中国诗歌九十年代备忘录》，北京，人民文学出版社，2000
王璞《“人国”与“人民共和国”：鲁迅的“心声”观与毛泽东的“新民歌”运动之间的政治诗学》（会议论文），上海大学、纽约大学合办“‘中国当代文学六十年’国际学术研讨会”（2009年6月13日—15日）
王岳川、尚水编《后现代主义文化与美学》，北京大学出版社，1992
雷纳·韦勒克《近代文学批评史》（第五卷），杨自伍译，上海译文出版社，2009
——《文学思潮和文学运动的概念》，刘象愚译，北京，中国社会科学出版社，1989

路德维希·维特根斯坦《逻辑哲学论》，贺绍甲译，北京，商务印书馆，1996
——《哲学研究》，陈嘉映译，上海人民出版社，2005
理查德·沃林《瓦尔特·本雅明：救赎美学》，吴勇立、张亮译，南京，江苏人民出版社，2008
吴思敬编选《磁场与魔方（新潮诗论卷）》，北京师范大学出版社，1993
西川《让蒙面人说话》，上海，东方出版中心，1997
西渡、王家新编《访问中国诗歌》，汕头大学出版社，2009
奚密《从边缘出发：现代汉诗的另类传统》，广州，广东人民出版社，2000
——《诗与戏剧的互动：于坚〈0档案〉的探微》，载《诗探索》1998年第3期
西默斯·希尼《希尼诗文集》，吴德安等译，北京，作家出版社，2001
肖开愚《当代中国诗歌的困惑》，载《读书》1997年第11期
——《南方诗——普通的观察、揣测和随想》，载《花城》，1997年第5期
许宝强、袁伟选编《语言与翻译的政治》，许宝强、袁伟选等译，北京，中央编译出版社，2001
一行《词的伦理》，上海书店出版社，2007
宇文所安《追忆：中国古典文学中的往事再现》，郑学勤译，北

京，生活·读书·新知三联书店，2004
于坚《棕皮手记》，上海，东方出版中心，1997
——《拒绝隐喻》，昆明，云南人民出版社，2004
——《于坚诗学随笔》，西安，陕西师范大学出版社，2010
杨炼《鬼话·智力的空间：杨炼作品 1982—1997（散文·文论卷）》，上海文艺出版社，1998
詹姆逊（詹明信）《晚期资本主义的文化逻辑》，陈清侨等译，北京，生活·读书·新知三联书店，1997
——《文化研究和政治意识》，王锋振译，北京，中国人民大学出版社，2004
臧棣《90 年代诗歌：从情感转向意识》，《郑州大学学报（哲社版）》1998 年第 1 期
——《诗歌：作为一种特殊的知识》，《北京文学》1999 年第 8 期
——《诗歌的风箱》，《青年文学》2006 年第 9 期
——《请想象这样一个故事：语言是可以纯洁的》（访谈），载《西湖》2006 年第 9 期
——《诗歌就是不祛魅》（访谈），载《诗歌月刊》2014 年第 1 期
臧棣、肖开愚、孙文波编《激情与责任：中国诗歌评论》，北京，人民文学出版社，2002
张枣、黄灿然《访谈张枣》，载《飞地》2013 年第 3 期
郑毓瑜《性别与家国：汉晋辞赋的楚骚论述》，上海三联书店，2006

周瓒《透过诗歌写作的潜望镜》，北京，社会科学文献出版社，2007
周宪编译《激进的美学锋芒》，北京，中国人民大学出版社，2010

文
景

Horizon

社科新知 文艺新潮

先锋诗歌的转折

贾鉴 著

出 品 人：姚映然
责任编辑：陈欢欢
营销编辑：杨 朗
装帧设计：安克晨

出 品：北京世纪文景文化传播有限责任公司
（北京朝阳区东土城路8号林达大厦A座4A 100013）
出版发行：上海人民出版社
印 刷：山东临沂新华印刷物流集团有限责任公司
制 版：北京百朗文化传播有限公司

开 本：850mm×1168mm 1/32
印 张：8 字 数：155,000
2025年4月第1版 2025年4月第1次印刷
定 价：63.00元
ISBN：978-7-208-19238-6/I・2191

图书在版编目（CIP）数据

先锋诗歌的转折 / 贾鉴著 . -- 上海 : 上海人民出版社 , 2024. -- ISBN 978-7-208-19238-6

Ⅰ . I207.22

中国国家版本馆 CIP 数据核字第 2024M4M022 号